给青少年的世界文学经典读书笔记

第一册

秦刚 著

海量阅读
"大语文"教学

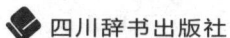

四川辞书出版社

图书在版编目（CIP）数据

给青少年的世界文学经典读书笔记.第一册/秦刚著.—成都：四川辞书出版社，2023.4
ISBN 978-7-5579-1332-8

Ⅰ.①给… Ⅱ.①秦… Ⅲ.①世界文学—文学欣赏—青少年读物 Ⅳ.①I106-49

中国版本图书馆CIP数据核字（2023）第047038号

给青少年的世界文学经典读书笔记（第一册）
GEI QINGSHAONIAN DE SHIJIE WENXUE JINGDIAN DUSHU BIJI（DI-YI CE）

秦 刚 著

责任编辑	冉梦婷 干燕飞
封面设计	成都编悦文化传播有限公司
责任印制	肖 鹏
出版发行	四川辞书出版社
地　　址	成都市锦江区三色路238号
邮　　编	610023
印　　刷	成都单色印务有限公司
开　　本	889 mm×1194 mm　1/32
版　　次	2023年4月第1版
印　　次	2023年4月第1次印刷
印　　张	8
书　　号	ISBN 978-7-5579-1332-8
定　　价	30.00元

·版权所有，翻印必究。
·本书如有印装质量问题，请寄回出版社调换。
·综合办公室电话：（028）86361821

示学子以津梁　作读者之宝筏

伍立杨

西方经典文学名著与中国传统文学典籍，东西对峙、华彩辉映，俨然为世界文学艺术之林中两大巍然屹立之高峰，各有千秋而遥相呼应。西方文学著作之中，亦多有名家巨匠与名篇佳构，诸如雨果的《悲惨世界》、福楼拜的《包法利夫人》、艾米莉·勃朗特的《呼啸山庄》等等皆是。

本书作者秦刚先生，号蓉城斋主人，为蜀中名作家、诗人，现为四川省作家协会省直分会顾问、四川省朗诵演讲艺术发展促进会顾问、四川省作家协会会员。其于20世纪50年代出生于重庆，幼年时随父母到高原生活；从事过工人、中学教师、新闻工作者和党政公务员等职业。自幼即爱好艺文，且勤于撰文写作，著述丰硕可观，曾在省内及国家级报刊发表多篇诗文作品并屡获奖项，出版有个人文集《山水情韵岁月痕》。近年来，尤为专注并致力于百部世界文学经典名著之深入赏读研析，贯穿古典至现代，陈述娓娓道来，评介切中肯綮，可谓善读深思，能探其幽隐精微者。

秦刚先生读西方诸经典文学名著，条分缕析、择精语详，所采择之手法摆脱时习，迥异常人，一如传统山水绘画技法之"三远法"——平远、高远、深远,亦即"叙述、赏评、警醒"之三层递进关系,由表及里、由浅入深,逐渐向纵深推展切入,运用社会的、审美的、哲学的诸种眼光来打量世界文学名著,最终归结提炼出对当下社会所具有之深层次现实意义,导引读者作循序渐进、趣味无穷之游赏历程。其起始部分,择取名著之精要大概,简述主要人物及故事梗概,兼及人物命运转折、迁流演变,乃至家族兴亡盛衰、跌宕起伏之完整历史。叙述过程中,往往宏观场景与微观画面兼具,悲悯之情及同情之心共生,进而折射出彼时国家、社会之现实风貌。其次,则介绍作者个人之生平行止,及作品基本风格特征。最后部分,就通篇阅读之感想,借以发抒其阅读之心得感悟和深切体会。此一部分,颇有类于吾国经典史籍《史记》中之"太史公曰",是秦刚先生发乎内心之珍贵感悟,更是其读书有所得之心灵结晶,乃为度人之金针、济世之宝筏。此段最堪珍视,有心之读者当不容轻忽放过也。

比如其阅读德国作家托马斯·曼所著长篇小说《布登勃洛克一家》后,就其家族之兴盛与衰落史,作者总结道:"我们今天读《布登勃洛克一家》,可以通过布登勃洛克家族的百年盛衰史,了解西方资本主义的发展历程和资本主义生产关系下的社会悲剧。另外,我们也要借鉴布登勃洛克家族的教训,树立正确的人生观,在处理人生大事时要谨慎,避免陷入社会复杂的泥沼中。"其阅读的收束点或着力点,仍在于读书明理、引为借镜,评议出作品对当下现实社会之警醒意义，从书本中汲取个人、家族及社会不断砥砺前行的勇毅力量，走好我们自己脚下的路。

窃以为，当今青年学子，凡有志于通读世界经典文学名著者，均可以秦刚先生此书为津梁梯航，在精读秦著之基础上，依循个人之志趣爱好，沿流溯源，寻根究底，自行寻觅相关经典文学名著之原本，深加研读体悟，咀嚼其间之无尽滋味。盖因凡此等文学经典多为大部头，寻常学子或读者意欲遍读一过，非有超卓之恒心毅力不能为。倘若费时既久而收效甚微，则难免于读书之积极性、趣味性有挫伤，势必不能克终其事。如能以秦著为指南之针，则犹似于茫茫行程之中，得仙人指路，可于无形中增添研读趣味，亦可收事半功倍之成效。古人所谓"虚往实归""积学储宝"，秦著之功用，恰可示学子以津梁、作读者之宝筏，大有裨益者也。

于文章著述之外，秦刚先生之诗词亦汲古功深、精湛邃密，浸淫于李杜元白四大家，深得少陵、东坡之神韵意趣。其所吟咏之佳句，古雅如乐府歌，通畅似竹枝词，直截爽快、酣畅淋漓，成篇皆朗朗上口、明白晓畅。间或化用老杜之句，翻新出奇且别有韵致，是谓诗家中之大作手。其写城市风物、人文历史，如《咏成都》《内江行》《广元行》《永陵怀古》《夜游锦江》；写师友酬接、应答往还，如《赠徐公》《散花楼五人书画联展有感》；写日常闻见、生活感悟，如《抗疫宅家读书咏怀》《壬寅仲秋咏月》，俱能驱遣自如、直抒胸臆，无一不是浑成饱满之妙笔。

序

  秦刚先生身形敦厚而相貌堂堂，可谓人如其名，有刚健正大之气象在焉。其质厚而好古，泊然而寡营，独孜孜致力于诗文之创作，穷年累岁，无时或辍，时人遂以学者、诗人称之，然其胸中之所蓄积，犹不止乎此也。当其居官为政之时，介然有以自守，乃能身膺纪检、监察及巡视之重任，既能公忠体国，兼有琴心剑胆、侠骨柔情，则其才干识见之卓越，足可与诗文并传而不朽。千古文章传真不传伪，此言良是。近日，先生汇集其所读世界经典文学名著之读书笔记，辑而成书并嘱我为序，因略道其诗文及志业之大概如上。

壬寅立冬写于浮沤堂
（此文作者系四川省作家协会副主席）

读书与人生

秦 刚

吾懵懂初开,即喜读书。往事如烟,少年时代许多事早已忘却。唯有读书,特别是读文学书的乐趣还记忆犹新,至今常萦回梦中,令我回味无穷。

仅初小毕业的我为了多读书,常向别人借阅,把读文学名著作为乐趣,不知不觉中提高了自己认识周围世界的能力。当年看尼古拉·奥斯特洛夫斯基的小说《钢铁是怎样炼成的》和吴运铎的《把一切献给党》时,一颗年轻的心是那样澎湃,我明白了奉献的人生才是最美好的;看高尔基的三部曲《童年》《在人间》和《我的大学》,我认识到生活的苦难才是文学的老师,更是人生的老师,苦难可以磨炼人的意志。读卢梭的《爱弥儿》,我明白了少儿教育与社会实践和自然环境的关系;读《忏悔录》让处于青春期的我对爱情有了更加神圣的认识和高雅的追求。读屠格涅夫的《猎人笔记》、果戈理的《死魂灵》、列夫·托尔斯泰的《复活》等,让我对封建贵族制度的腐朽、黑暗有了更加深刻的认识。美国斯科特·菲茨杰拉德的小说《了不起的盖茨比》、西班牙塞万提斯的小说《堂吉诃德》、英国托马斯·哈代的小说《德伯家的苔丝》、日本紫式部的小说《源氏物语》等名著，都从不同的角度反映出了不同时代的特点，揭示了人性的真善美和假恶丑，它们都是特定时期社会生活生动的历史画卷。

阅读是一种精神需求。对我们每个人来说，人生不仅仅是有柴米油盐酱醋茶，还需要有诗和远方，这样的生活才更有意义。古人云"腹有诗书气自华"，毛泽东《沁园春·长沙》中的"指点江山，激扬文字，粪土当年万户侯"的豪迈气概，离不开大量的阅读。

读书要有选择。读好书、读名著能吸取正能量，而读内容质量差的书会使人丧失斗志和进取心。人生有限，面对浩如烟海的书籍，我们不可能也没有必要全部去读，可根据自己的兴趣爱好和成长需求主动选择。好书，能够激励和帮助自己，为我们的人生指引方向；名著，特别是世界文学名著，能够开阔我们的眼界，启迪我们的思维。

读书可泛读也可精读。对于娱乐消遣一类的作品一般泛读即可，而对于优秀的作品则应该精读、反复读。阅读过程中，我们可以通过做批注和划重点以加深理解；还可以通过写读书笔记，对思想内容、人物事件和写作特点等进行多方面的分析。这些对于提高我们的写作能力大有裨益。当然，读书更重要的是结合自己的工作和生活实际，在实践中去加深对知识的理解。

21世纪初，酷爱读书的我终于有了一套精装本的"世界文学名著经典百部"系列书，真是喜不自胜。回忆起想读书而无书可读的少年时代，忍不住潸然泪下，恨不得立即完完整整地把它们阅读一遍。可处于不惑之年的我，正是忙于公务之时，只得暂将其束之高阁。从2020年开始，告老还乡、赋闲在家的我终于有时间专注于读书了，于是我坚持每天看一两百页名著或写两千字左右的读书笔记。然年近古稀，精力已大不如昨，不时因劳累而偶患小恙。经过三年多时间，我终于读完这百部世界文学经典名著，写出一百篇读书笔记，并得到四川辞书出版社的支持，拟将拙作陆续出版，供青少年朋友们阅读。本书遴选其中的35篇，分人性与回归、人生与态度、苦难与变迁、彷徨与觉醒、命运与抗争5部分，个别文段摘编了原著译文，有删改。愚以为此书若能在广大青少年朋友中间激起一点共鸣，增强他们的阅读兴趣，丰富他们的课余生活，则吾愿足矣。

壬寅年暮冬写于蓉城斋

目 录

人 性 与 回 归

肖洛霍夫《静静的顿河》……………………………………… 2

屠格涅夫《父与子》…………………………………………… 5

屠格涅夫《猎人笔记》………………………………………… 11

果戈理《死魂灵》……………………………………………… 17

易卜生《玩偶之家》…………………………………………… 23

斯科特·菲茨杰拉德《了不起的盖茨比》………………… 29

弥尔顿《失乐园》……………………………………………… 34

人 生 与 态 度

但丁《神曲》…………………………………………………… 44

乔伊斯《尤利西斯》…………………………………………… 50

狄更斯《大卫·科波菲尔》…………………………………… 55

蒙田《蒙田随笔》……………………………………………… 62

大仲马《基督山伯爵》………………………………………… 69

高尔基《母亲》………………………………………………… 76

莫泊桑《一生》………………………………………………… 84

苦难与变迁

托马斯·曼《布登勃洛克一家》 …… 94
约翰·高尔斯华绥《福尔赛世家》 …… 102
艾米莉·勃朗特《呼啸山庄》 …… 108
托马斯·哈代《德伯家的苔丝》 …… 115
丹尼尔·笛福《鲁滨逊漂流记》 …… 123
福楼拜《包法利夫人》 …… 131
盖尔哈特·霍普特曼《织工们》 …… 139

彷徨与觉醒

歌德《少年维特的烦恼》 …… 149
卢梭《爱弥儿》 …… 154
卢梭《忏悔录》 …… 165
塞万提斯《堂吉诃德》 …… 172
比彻·斯托夫人《汤姆叔叔的小屋》 …… 179
列夫·托尔斯泰《复活》 …… 187
雷马克《西线无战事》 …… 194

命运与抗争

左拉《娜娜》 …… 200
约瑟夫·海勒《第二十二条军规》 …… 208
雨果《悲惨世界》 …… 214
乔万尼·薄伽丘《十日谈》 …… 222
紫式部《源氏物语》 …… 227
卡夫卡《审判》 …… 233
狄更斯《双城记》 …… 239

人性与回归

肖洛霍夫《静静的顿河》

《静静的顿河》是苏联作家肖洛霍夫的一部长篇小说，讲述了主人公葛利高里从参加第一次世界大战到战后回到故乡生活的经历，表现了哥萨克人在战争中的苦闷、挣扎、觉醒，展示了哥萨克人独特的风俗习性，揭示了布尔什维克逐渐胜利的过程。这部作品画面广阔、气势磅礴，是一部闪耀着人性光辉的长篇巨著。

当时的苏维埃政权实行"余粮征集制"，制度本身触及富裕农户的利益，引起当地的哥萨克民众发动叛乱，并与苏维埃政权为敌。葛利高里作为沙俄时期参加过第一次世界大战的军官，有着较为丰富的作战经验。他不断立功，从一名普通的士兵晋升为排长。十月革命期间，他拥护哥萨克独立，后来又在革命的影响下参加了红军。1920年，葛利高里回到家乡，因当时苏维埃政权的肃反委员会对旧军官的不信任，他的妹夫作为村苏维埃的主席让他到镇上的肃反委员会报到并接受惩罚。最终，葛利高里在苏维埃肃反委员会准备逮捕他的前夕逃走并加入了匪帮。

后来，叛匪被击溃，仅剩几骑人马逃到荒野里躲藏，颠沛流离的生活及失去多位亲人的悲痛，驱使他开始重新审视自己的人生，审视战争给人类所带来的巨大灾难和痛苦。他后来冒着极大的风险，毅然回到自己在顿河边的美丽故乡，见到了战争离乱后幸存的儿子。

小说的结尾没有点明主人公的结局，但葛利高里在离开流亡匪徒准备回村时，曾听到苏维埃政权可能对他们这类人大赦的消息，这也许是对他结局的暗示。

《静静的顿河》生动地再现了第一次世界大战至十月革命期间，俄国波澜壮阔的历史画卷。小说对生活在顿河两岸的哥萨克人的民族风情描述得非常生动，将顿河两岸美丽的自然风光恰到好处地镶嵌在故事情节中，同时展现了哥萨克人豪爽的性情和极高的荣誉感。

落日余晖下的自然风光

[荷兰]皮特·蒙德里安（Piet Mondrian）绘

肖洛霍夫《静静的顿河》

米哈依尔·亚历山大奇·肖洛霍夫（1905—1984），是20世纪苏联文学的杰出代表之一。肖洛霍夫出身于顿河维辛斯卡亚一个商店职员家庭。其父亲早年十分爱读书，还收藏了许多经典的文学作品，这为肖洛霍夫之后成为作家奠定了基础。其母亲是乌克兰人，出身农家，是一名敢于反抗传统观念的女子。在肖洛霍夫早期的小说《两个丈夫的女人》《静静的顿河》中，都有母亲的影子。

  1922年，肖洛霍夫开始写作。《静静的顿河》共四部分，分别于1928年、1929年、1933年和1940年出版。1965年，《静静的顿河》获诺贝尔文学奖。除了《静静的顿河》，他还创作了《新垦地》《一个人的遭遇》等多部作品。1984年，肖洛霍夫因病去世。

  《静静的顿河》这部长篇小说，处处闪耀着人性的光辉。我们在今天读来仍然有一定的借鉴意义，它能够促使我们更加全面地思考人类社会历史的复杂性，从而寻找战争与和平的最佳抉择点。

（2020年4月10日于蓉城斋）

屠格涅夫《父与子》

屠格涅夫的小说《父与子》,以农奴主尼古拉·彼得罗维奇·基尔萨洛夫迎接刚大学毕业的儿子阿尔卡季和他的朋友巴扎罗夫到自己的庄园开始,讲述了阿尔卡季和巴扎罗夫到乡村以及附近省城拜访朋友、参加聚会时所发生的故事。他们时常在交往中产生思想交锋和语言冲突,以致巴扎罗夫被阿尔卡季的伯父帕维尔误解并要与其展开决斗。这也正体现出社会大变革前夜,各个阶层和不同性格的人物对待旧制度和新思潮、新人物的不同态度,因而必然产生难以调和的矛盾。

小说中人物的性格是复杂的。如主人公巴扎罗夫,作为一个平民知识分子的代表,他坚强、沉着、自信,注重实际行动,专心科学实验;同时又思想激进,憎恶农奴制度,否定一切权威,对新事物的理解也仅局限于尝试。愤世嫉俗的他在经历爱情的挫败后,对理想、前途充满忧郁,对友情、爱情充满怀疑,甚至对父母的爱也显得十分冷漠。最终,他在一次解剖手术中因感染病菌而英年早逝。

又如小说中的另一位青年——阿尔卡季，也是一名刚毕业的充满社会责任感的激进青年。他崇拜巴扎罗夫的学识，无论是在自己家里的庄园，还是到朋友家做客，他俩都是形影不离。他尽管有时也有自己的想法和看法，但不会公然与巴扎罗夫产生分歧。

阿尔卡季出身于一个没落的封建贵族家庭，他的教养使他有别于平民出身的巴扎罗夫，因而在各种社交场合显得更为谦逊随和，不轻易与人发生争论和冲突。他在接受新思想、反对旧农奴制度的同时，又赞同"父辈"自上而下的社会改良思想，不主张采取激进的社会革命去推翻农奴制度。在友情和爱情方面，他也始终以热情和善良去对待，不刻意回避，亦不采取过激的行为。最终，他与安娜·谢尔盖耶夫娜·奥金佐娃的妹妹卡佳成婚，并从父亲尼古拉·彼得罗维奇·基尔萨洛夫手中接过农庄经营管理的权力，成为一名具有新思想的农奴主。

阿尔卡季的父亲尼古拉，是一个性格温和、心地善良的人。十四岁以前，他由家庭教师辅导学习，十八岁上了大学；毕业后，他的父亲在皇室领地管理局给他谋了个官职。后来，他爱上了房东的女儿玛莎并与之结婚，二人一起搬到乡下过起了平静的田园生活，不久便生了一个儿子，即阿尔卡季。然而，之后不久，玛莎不幸去世，万分悲痛的他把心思完全放在阿尔卡季身上，培养他上了大学。作为农奴主，他是农奴制度的受益者，面对阿尔卡季和巴扎罗夫所发表的否定农奴制度的言论，他也只是听着。

尼古拉对经历丰富、见多识广的哥哥帕维尔非常敬重，在帕维尔面前，他大多时候所能做的就是听其高见。丧偶多年后，他喜欢上了费多西娅·尼古拉耶夫娜。可因为顾忌贵族家庭的规矩，特别是哥哥帕维尔的感受，他不敢正式娶费多西娅为妻。阿尔卡季知道此事后，并没有责怪父亲，对这位善良而又软弱的父亲，他心里始终充满着一种宽厚的爱。最后，还是帕维尔主动提起此事，这才促成了尼古拉和费多西娅的婚事。

尼古拉做事没有主见，总是顾及别人的想法。他比较早地受到关于解放农奴新思想的影响，经常和一些开明人士一起探讨解放农奴和乡村改革的事。善良的他把从父母手上所继承来的大片土地，分给了手下的农奴。虽然尼古拉是沙俄时代的贵族中思想比较开明、赞同农奴制度改革的人，但作为封建农奴制度的受益者，他也只是赞同渐进的改革，而不是推翻整个农奴制度。

小说中"父辈"的代表人物——帕维尔·彼得罗维奇·基尔萨洛夫——年少时在家里学习，后来进了军官学校。他从小便以英俊潇洒出名，在二十八岁时已经晋升为上尉，自从获得军衔后，更是处处受人欢迎。后来他在交际场中认识了Ｐ公爵夫人，她有丈夫却没有儿女。帕维尔热烈地爱上了她，但Ｐ公爵夫人在帕维尔面前反复无常的脾气和忧郁的神情，又常常使他感到痛苦。二人短暂地相处了一段时间便分开了。帕维尔回到了俄国，回到了过去的交际场所，可无论如何也回不到过去的轨道上了。

帕维尔回到乡下看弟弟，并在弟弟家住了一段时间。他对封建贵族制度下的生活非常留恋，因此在社交场合中也尽量保持着贵族的威严和礼仪。然而，侄儿阿尔卡季假期带回来的同学巴扎罗夫，其鄙视贵族制度、否定一切权威的言论让他感到恼怒不已，他甚至顾不得自己贵族和长辈的身份而与之展开激烈的争论。他认为巴扎罗夫是个危险的青年，就处处注意他的行为。一天，他看见巴扎罗夫在花园与费多西娅攀谈，因为他自己也暗恋着费多西娅，便提出与巴扎罗夫决斗，以此解决他们之间的是非恩怨。二人决斗结束后，巴扎罗夫便离开了。从小说中我们可以看出，虽然帕维尔思想保守、自视甚高，但他是个重情重义的人。作为一个贵族，他顽固地坚守着旧的制度和观念，始终维护着贵族的特权和尊严。

小说中的安娜·谢尔盖耶夫娜·奥金佐娃是一名赌徒的女儿。她在父亲去世后，嫁给了大富翁奥金佐夫。然而，他们在一起共同生活了六年后，奥金佐夫便去世了。后来，在一次舞会上，安娜结识了阿尔卡季和巴扎罗夫。初次见面

俄国农奴制的废除
[捷克] 阿尔丰斯·玛利亚·穆夏（Alfons Maria Mucha）绘

时，她对巴扎罗夫的印象并不好，不喜欢他刺耳的高谈阔论，但后来又喜欢上了他的不落俗套且博学多才。几次接触之后，两人便逐渐亲密起来。在安娜眼中，阿尔卡季更像是个弟弟，而巴扎罗夫则是一个值得深入了解的人。巴扎罗夫也仿佛觉得自己遇到了知音，不由自主地坠入情网。

然而，安娜又是一个相当古怪的人，她对一切都很冷漠，但同时她又想了解一切，她必然不可能为了巴扎罗夫而杜绝其他的社会交往。与此同时，这又使得性格直率而又有些高傲自负的巴扎罗夫感到自己受到了冷落，故而愤然离去。这件事对一切都感到无所谓的安娜来说仿佛算不了什么，可对巴扎罗夫而言却是一次严重的感情创伤。后来，巴扎罗夫在做解剖手术时因不慎感染了病菌而去世，临终前，安娜作为曾经的朋友去看望了他。

从作品的主题上分析，有人认为，小说所反映的父与子的矛盾其实是封建贵族阶层同平民知识分子之间的矛盾。作为平民知识分子的代表，小说中的"子辈"巴扎罗夫否定专制，否定农奴制度，是屠格涅夫所谓的"革命者"。而"父辈"的代表人物帕维尔，则是封建贵族保守势力的代表。然而，他们之间不是简单的对立关系，同样是"父辈"的尼古拉则是希望理解"子辈"并跟上时代的。

小说中，封建贵族阶层人士对于当时社会思潮的态度也不尽相同：有信奉贵族自由主义的，如帕维尔；有主张顺其自然的，如帕维尔的弟弟尼古拉；也有认为社会必须改革、农奴制应当废除的，如接管父亲家业的新农奴主阿尔卡季。事实上，他们所认同的改革，都只限于自上而下的局部改革，而不是彻底的改革。

屠格涅夫《父与子》

伊凡·谢尔盖维奇·屠格涅夫（1818—1883），俄国杰出的现实主义作家，出生于奥廖尔城。其父亲是一个破落的世袭贵族，很早去世；母亲极其专横任性，她手下的农奴们经常受到残酷无情的惩罚。这种状况引起了屠格涅夫的愤慨和抗议。

1833年，屠格涅夫进入莫斯科大学学习，1836年毕业于该校的哲学系。1838年，屠格涅夫到德国柏林大学进修哲学和古典语言学的课程。1843年，屠格涅夫在彼得堡结识了别林斯基，这段友谊对他的世界观和文学创作起了很大的作用。从1847年开始，屠格涅夫陆续发表了20多篇文章，这就是后来的《猎人笔记》。1856年至1859年，他先后发表了长篇小说《罗亭》和《贵族之家》。1862年，长篇小说《父与子》问世。1883年初，屠格涅夫在巴黎逝世，终年65岁。

我们今天读《父与子》这部小说，可以了解19世纪五六十年代俄国激进民主派知识分子与贵族自由主义者之间的思想斗争，体会改革与革命过程中的艰难险阻。

（2020年4月16日于蓉城斋）

屠格涅夫《猎人笔记》

屠格涅夫的《猎人笔记》是一部随笔集，包含 25 个短篇小故事。作品通过描写猎人的所见所闻，讲述了 19 世纪中叶俄国农村生活的现实状况，并对农奴制度进行了无情的揭露和批判；表现出作者对农奴制度下农奴悲苦命运的深切同情，也表现出对勤奋上进、聪明爽直的农奴的讴歌和赞美。

屠格涅夫通过具体而生动的描写，表现了农奴主对农奴的剥削与压迫，其笔下的贵族地主形象是多种多样的。有的凶恶残暴，如《两地主》中的马尔大利·阿波洛内奇，连邻家有几只鸡跑进了他的花园，他都会大喊大叫，不仅要没收鸡，还要抓住那个进来赶鸡回去的小姑娘并鞭打一顿。

有的性格怪异，如《叶尔莫莱和磨坊主妇》中的慈费尔科夫夫人，她从来不会雇用已经结婚的使女，认为她们结婚生育会影响干活；她身边的使女阿丽娜与一男仆相恋并请求结婚时，慈费尔科夫夫人竟立即吩咐人把她的头发剃了，并将其遣送回乡下。

在屠格涅夫笔下，还有不少贵族地主都是伪善的，如《独院地主奥夫谢尼科夫》中的奥夫谢尼科夫：

其身材魁梧，眉下有一双明亮睿智的眼睛，整个人显得气宇轩昂、谈吐稳重。他的家境比一般人好不了多少，可乡亲们却对他异常尊重，大小事都要找他述说或调解。

再如《总管》中的阿尔卡季·巴甫勒奇：

其相貌不错，体态优雅，穿着讲究。他受过良好的教育，待人亲切热情，任过公职，办事公道，很关心下属利益。

而正是这两个被公认或自认为是"大好人"的人，实际却十分虚伪。奥夫谢尼科夫在村民向他反映恶管家欺压村民、侵吞财物时，他表面上表示要主持公道，而实际上却不了了之；还有他曾在公众场合表态要为大家谋利益，可最终也没有兑现。巴甫勒奇则更是一个"两面人"，他表面上宽宏大度，实际上却对下人十分刻薄；在惩罚下人的时候，他故意装出一副心平气和的样子，让周围的人认为他是个好心人。

作者还通过对贵族地主的爪牙——管家——这类人物的描写，来表现农奴制度下贵族地主的凶残、霸道和贪婪。如《总管》中阿尔卡季·巴甫勒奇的管家——索夫龙，他欺男霸女，谋财害命，无恶不作，在主人面前极力阿谀奉承。为了表明地方上的安定，他甚至可以把出现在本村地界内的死尸悄悄地转移至别村的地界上去。而对于这样一个无恶不作的管家,阿尔卡季·巴甫勒奇还夸其为"治国安邦之才"。

在《猎人笔记》中,也有作者对农奴聪明才智和丰富精神世界的讴歌和赞美。如《霍尔和卡里内奇》中的霍尔,他为人精明,有经济头脑,平日里积蓄钱财,与主人和其他有权有势的人相处融洽,还把沼泽地开发成舒适的家园。

骑在马背上的猎人
[法国] 居斯塔夫·库尔贝(Gustave Courbet)绘

渐渐地，霍尔在生活水平和经济地位上已经达到可以赎身的条件，然而，他却不愿意改变农奴身份。一方面，他不想让别人知道自己的经济实力；另一方面，他认为赎身后会招来地方官吏作威作福。

他务实上进，凭着自己勤劳的双手和聪明的才智，为家人创造了较为优越的生活。霍尔思想开放，求知欲强，是一个颇具天赋和拥有丰富内心世界的农奴，他对生活充满浪漫而美好的理想，相信自己的力量和刚强，勇敢地面对未来。

再如《活尸首》中的露克丽亚，是一个美丽大方、爱笑而又能歌善舞的姑娘。然而，一次意外的摔倒让她的内脏受伤，之后便开始发病，人也逐渐变得消瘦虚弱，无论怎样治疗都没有效果。她的主人把她送到乡下后，与她相爱的那个人也离开了她。

露克丽亚无疑像被无情地扔进了黑暗的地狱，她也曾为此感到恐惧忧伤，但她坚持与寂寞和病魔相抗争，毫不怨天尤人。对于好心人的关心和帮助，她也常常心存感恩之心。面对命运的不公，她不悲观、不失望，也不惧怕死亡，她还热心关注当地农奴的生存状况，并请求减免他们的田租。另外，作品还通过露克丽亚讲述自己的几个梦境，表现出其对生命和美好事物的追逐与渴望。

《猎人笔记》中，有几篇故事是讲破落地主的。如《希格雷县的哈姆莱特》中的哈姆莱特，他接受过贵族教育，曾经也有过一份好的职业和令人羡慕的社会地位；但他思想单纯，充满幻想，不谙世事，以致常常四处碰壁，且社会地位每况愈下，只能依靠父母留下的财产生活。他多愁善感，进而自暴自弃，最终成为贵族社会社交场合中被瞧不起、被冷落的"怪人"。

再如《且尔托泼哈诺夫和聂道比斯金》中的且尔托泼哈诺夫和聂道比斯金，他们都是由于祖上或父辈挥霍浪费、不善经营等原因而致家道中落，不同性格的两个人因为遭受周围人的歧视而走到了一起。

且尔托泼哈诺夫性情刚烈、疾恶如仇，退伍回家时昔日庞大的家业已经不复存在，只剩下很少的土地和农奴。在遭受人生的重大变故后，放不下贵族身份的他性情大变，开始敌视那些疏远、冷漠和瞧不起他的人。

而在社会夹缝中求生存的、小地主家庭出身的聂道比斯金则性情懦弱，家道中落后仅靠为贵族们扮演小丑谋取生活，受尽凌辱而不敢反抗。疾恶如仇的且尔托泼哈诺夫挺身而出，为聂道比斯金打抱不平，两人因此而成了莫逆之交。

他们同"怪人"哈姆莱特的遭遇，虽然与个人性格缺陷有关，但社会的腐败和环境的黑暗，是他们四处碰壁的重要原因，这实际上也正是俄国农奴制社会中贵族群体走向没落的一个缩影。

《猎人笔记》中还提到了农奴制度下的一些社会弊端。如《独院地主奥夫谢尼科夫》中所讲到的，官吏借检查粮库，向粮库管理员索贿。再如《事务所》中的地主叶列娜·尼古拉叶芙娜·洛斯涅科娃的庄园办事处，竟然有150多个办事人员为她收取苛捐杂税和处理村子里的社会治安等事务,而这些所谓的"办事员"都狐假虎威,利用职权为自己捞取好处。

在《猎人笔记》中,作者采用了大量风景描写来抒情或烘托气氛。如《白净草原》中,作者在开头用了较长的篇幅对七月的草地、天空和周围景色进行描写,笔法细腻生动。再如《树林和草原》里,作者也大量地描绘了自然风光,特别是春、夏、秋、冬四季的田园风光,像是一幅幅配乐的风情画,唤起我们对美的感受。

《猎人笔记》是19世纪一部伟大的现实主义著作,展现了俄国农奴制社会形态下人的两面性、人情的淡薄和人性的扭曲;以独特的视角,全方位地展现并批判了以贵族地主为主导的农奴制社会形态,并揭示了其必将走向衰亡的历史趋势。

我们今天读屠格涅夫的《猎人笔记》,不仅可以了解俄国农奴制下广大农奴的悲惨命运,体悟屠格涅夫深厚的人道主义思想,还可以学习其诗意盎然的表达方式。

(2020年5月15日于蓉城斋)

果戈理《死魂灵》

果戈理是19世纪俄国伟大的批判现实主义作家,其代表作为《死魂灵》。小说描写了一个投机钻营、招摇撞骗、唯利是图的商人乞乞科夫,他蓄意交结省长、警察局长等官吏,向贵族地主收购死去但尚未注销户口的农奴,再把他们当作活的农奴抵押出去以骗取押金,事后因丑事败露而逃之夭夭。作品展现了作家所生活的黑暗社会的真实面貌,让我们看到俄国农奴制度的腐朽黑暗,看到沙皇专制社会的种种弊端,看到被压迫阶级的悲惨生活……

小说主人公——乞乞科夫,其一出场就引人注目。他仪表堂堂、气度不凡,乘坐一辆时髦的折叠马车,带着两个仆人,一个是车夫谢里方,另一个是听差彼得卢什卡。在打探清楚相关情况后,他逐一拜访了城里几乎所有的官吏,包括省长、副省长、检察长、民政厅长、警察局长、以及专卖商、管办工厂的督办等,并当面对他们表达无限的赞美和敬意。

乞乞科夫也因此受邀参加各种宴会,结识了更多上流社会的人物,搜集到了不少关于各地贵族地主的信息。他甚至还参加省长家的晚宴,他得体的妆容打扮和优雅的言谈举止很快便博得了达官贵人们的肯定。

于是,信心满满的乞乞科夫便开始向周围的乡村进发,开始他此行的目的——向那些贵族地主收购他们纳税名册上还登记着的农奴,尽管实际上那些农奴已经死亡。他虽然把购买死魂灵的目的说成是为了给贵族地主们减轻税收负担,但还是遭到贵族地主们对他所谓"善举"的不解和

贩卖死魂灵
[法国]马克·夏卡尔(Marc Chagall)绘

怀疑。

最终，在这场以"拜访朋友"为名的乡村之行中，他凭着察言观色的能力和巧舌如簧的功夫，从地主玛尼洛夫、纳丝塔西娅、索巴凯维奇、普柳什金等人手中成功购得一批可以使他富裕起来的"农奴"。

然而，就在乞乞科夫满心欢喜地回到城里，准备去办理"农奴"过户手续，并志得意满地与省长等达官显贵们参加舞会时，他不巧碰到了骗子——诺兹德廖夫。

诺兹德廖夫识破了他购买"农奴"以谋利的计划，并很快将其传播开来，一时间"死农奴"事件被闹得满城风雨。其间，省城检察长因受到惊吓而突然死亡；后来，坊间关于乞乞科夫的传闻也越来越多，越来越离奇。乞乞科夫突感大事不妙，便带着两个仆人离开了城里。

出身卑微的乞乞科夫，自幼受到父亲的严格管教，做事情目的性强。其隐忍和曲意逢迎的性格特点，让他在学生时代就能获取老师的认可和帮助，各门功课名列前茅。

毕业后，他成了一名税务官员，凭着自身的克制和努力工作，很快就成长为税务科长；但好景不长，上司的突然变动以及大规模的查账，让他自认为顺风顺水的美好"前程"戛然而止。

之后，乞乞科夫又在海关谋得一份货物过关检察员的差事，等到熟悉环境、精通业务后，他便主动联络起走私集团头子，通过大规模走私捞取钱财。事情败露后，同伙被押上公堂，抄没家产。然而，在事情败露前，善于观察且工于心计的乞乞科夫，发现了抵押业务中一个农奴抵押管理上的漏洞，并萌发了收购死农奴的计划。"聪明"的乞乞科夫为此也早已隐藏下一笔钱，并开始寻找机会，以求改变命运。

出逃后的乞乞科夫，又坐着他的马车行进在乡村古道上。此时的他仿佛恢复了往日的心情，又开始着手实施买卖死农奴以谋利的计划。

他先去拜访了坚捷特尼科夫，又主动结识了退役多年的贝特里歇夫将军。经过一番游说后，贝特里歇夫将军很爽快地把自已已经死亡的农奴，以及土地和房子以极低的价格卖给乞乞科夫。

接下来，乞乞科夫又以投其所好的方式从农场主柯斯坦若格洛手中骗取了一万卢布的无息借款，柯斯坦若格洛还介绍他去买破产地主赫罗布耶夫的田庄。

就在乞乞科夫为自己的骗术屡屡得逞、喜不自胜，甚至准备赖掉柯斯坦若格洛的无息借款和购买赫罗布耶夫田庄的钱款，梦想成为贵族的时候，他被逮捕并被没收了所有契据和财产。

被囚禁的乞乞科夫想尽办法以逃脱法律的制裁，却都因为新任总督的严厉而失效。正在他感到绝望之际，摩拉佐夫出面为他说情，乞乞科夫因此得以释放。至此，这个在省城传得沸沸扬扬的购买死农奴的案子，就这样不了了之。

果戈理在人物形象的塑造方面有许多独到之处。他笔下的主人公——乞乞科夫出现在读者眼前的时候，完全是一个风度翩翩的绅士。他谦虚谨慎，对人恭敬，谈吐优雅，所以很快得到大家的信任和仰慕。他在向贵族地主们描述购买死农奴的缘由时，表现出的是一副高尚的、为他人着想的样子。他认为，自己骗人、赚钱的行为，不是想危害别人，而只是为了改变自己的命运，让自己过上体面的生活。

为了达到赚钱的目的，他从少年时代就处处隐忍克制，使严苛的老师都相信并且愿意帮助他。而在当上税务官员后，他也是极力奉承上级，想尽办法捞取不义之财。他所谓"成功的法宝"，实际上就是充分利用自己善于观察社会环境和发现他人弱点的能力，并费尽心机、投其所好进行贿赂，甚至不惜用谎言骗取别人的信任和同情。在果戈理笔下，乞乞科夫这一人物扭曲的人性和变态的性格被描摹得恰如其分。

小说对其他人物形象的描绘也非常细致到位。例如，在N市官员们参加的宴会中，上流社会女士们的群体形象就很生动，如她们爱慕虚荣、嫉妒成性，胡乱猜疑别人的隐私，把乞乞科夫购买死农奴的违法行为，讹传成与省长女儿关系暧昧的桃色新闻。

还有吝啬到极点的地主普柳什金，他用变质的面包来待客时，还不忘记吩咐仆人把从面包上所刮下的一层生霉面包屑留下喂鸡。

另外，自作聪明的贝特里歇夫将军在听到乞乞科夫的弥天大谎时，竟然几次笑得晕过去，并爽快地把自己的死农奴、土地和房屋低价卖给乞乞科夫。

通过观察果戈理笔下的众多人物形象，我们可以发现，由农奴制社会形态而衍生出的腐败，是乞乞科夫这类骗子能够屡屡得逞的根本原因。

尼古拉依·果戈理（1809—1852），是俄国自然派文学的领袖，是使俄国文学具有独立地位的开山鼻祖之一。他出身于乌克兰地主家庭，自幼熟悉乡村生活，爱好戏剧。1821年，果戈理进入中学读书，经常参加学校的戏剧演出。

1828年，他去了圣彼得堡，后专门从事文学创作。1830年，小说《圣约翰节前夜》发表，之后的几年又陆续发表了《小品集》《密尔格拉得》等作品。1842年，小说《死魂灵》第一卷正式出版，这被认为是19世纪俄国批判现实主义文学的奠基作品。1852年，果戈理在病中将《死魂灵》第二卷的手稿烧毁，不久后便与世长辞。

我们今天读小说《死魂灵》，除了要把握果戈理在人物塑造方面的细腻笔触，也要理解其幽默讽刺的表现手法和自然流畅的叙事结构。

（2020年6月5日于蓉城斋）

易卜生《玩偶之家》

欧洲近代现实主义戏剧的开创者亨利克·易卜生，以写社会问题剧而闻名于世，其提出的许多尖锐而迫切的社会问题，引起了世界各国广大读者和观众的极大关注。其代表作《玩偶之家》刻画了一个憧憬和追求完美爱情和幸福婚姻的娜拉，通过描写其在生活中的失望和觉醒，揭露了资本主义制度下婚姻关系的不平等、极度的虚伪和荒谬。

戏剧在即将到来的圣诞夜欢乐气氛中开始。主人公娜拉的婚姻家庭看起来是完美而幸福的，经济拮据、担惊受怕的日子仿佛马上就要结束了。此时，在意大利养病整整一年的丈夫海尔茂已恢复了健康，并即将在收入不菲的合资股份银行里面担任经理职务。一切都显得很美好。

这天，与娜拉分别八年的好友克里斯蒂纳——林丹太太来访，寒暄之余，她看出了娜拉的心事。原来，在丈夫生病需要大笔资金去意大利疗养期间，失去收入来源的他们根本无法弄到那么大一笔钱，娜拉便向熟人柯洛克斯泰借了四千八百克朗。为了不让丈夫担心以致影响病情，娜拉谎称这笔钱是向自己的父亲要的。等到度过困难时期，她也不再想告诉丈夫这件事，以免灼伤他强烈的自尊心。更何况，娜拉以为，只要接下来自己省吃俭用来还本付息，很快就可以还清债务。

交谈中，娜拉得知，林丹太太是想到海尔茂担任经理的银行去工作，这次来是请娜拉为她说情的，于是娜拉也很爽快地答应了。娜拉丈夫虽然很不愿意做这件事，但在娜拉的再三请求下也算是同意了。

然而就在这之后，让娜拉意想不到的事发生了。当初借钱给她的债主柯洛克斯泰主动找上门来，要求娜拉向海尔茂求情，以保住他在海尔茂任职的银行里的职位。原来，此时林丹太太将要接替柯洛克斯泰的工作，而他即将被辞退；他因此威胁娜拉，如果不能帮他保住工作职位，便会将整件事情的原委告诉海尔茂。

原来，娜拉在借那笔钱时，需要父亲签字担保，但她考虑到父亲病重，怕他受到刺激，就没有告诉父亲而自己代签了字。柯洛克斯泰当时看出了笔迹，却没有揭穿她。

突如其来的变故，让娜拉感到非常害怕。一方面，她恳求柯洛克斯泰不要把这件事告诉海尔茂；另一方面，她又委婉地向海尔茂请求不要辞退柯洛克斯泰，可是海尔茂却很坚决地拒绝了。因为他与柯洛克斯泰曾是大学同学，互相之间有过一段交情，即使没有林丹太太，海尔茂也不能让柯洛克斯泰继续干下去，因为他已经在岗位上屡次犯错且不知悔改，况且他们之间暗地里还存在着一种竞争关系。

林丹太太得知这件事后，也曾主动帮助娜拉解难。她首先利用柯洛克斯泰是她的追求者而约见他，让他不要把娜拉向他借款的事告诉海尔茂。接着，她把柯洛克斯泰已经投到邮箱里的揭发娜拉借款的信取了回来，并且表示愿意与他一起抚养他的孩子。可最后林丹太太反悔，决定让此事暴露。

海尔茂最终看到了信并大发雷霆，责怪娜拉给他带来了声誉上的重大毁损并不肯原谅她，这让娜拉感到伤心欲绝。

就在这时，柯洛克斯泰的第二封信送来了，信里是娜拉曾签字的借据。出人意料的是，看到信后的海尔茂转怒为喜，又开始对娜拉说那些爱她的情话。然而，这时已经看透他伪君子面目的娜拉不再相信他的那些甜言蜜语，决心勇敢地离开他。

西方文艺复兴时期，社会所倡导的爱情婚姻观是自由和平等，可实际上却很难实现。在这部剧中，海尔茂与娜拉的对话，几乎都是关于钱财方面的。他反复叮嘱娜拉不要乱花钱，包括家庭生活必需的一些开支，他都会絮絮叨叨地算计，指责娜拉：

你真不懂事！好好跟你说，你知道在钱财方面，我有我的主张：不欠债！不借钱！一借钱，一欠债，家庭生活立马就会不自由，不美满。咱们俩硬着脖子挺到了今天，难道到了最后反而倒软下来不成?

从表面上看,他是在表达家庭生活需要节约和计划,而实际上,他是在强调自己是一家之主,经济上他有决定权,且任何人都没有与他商量的余地。从这里可以看出,娜拉和海尔茂双方在家庭中地位的不平等。不管海尔茂口头上多么爱娜拉,称她为可爱的"小鸟儿""小松鼠",但在他心目中,娜拉不过是他的宠物、他的玩偶而已。

也正因为这种并不平等的婚姻关系,当柯洛克斯泰在信中揭发娜拉的借贷行为时,海尔茂根本不听娜拉的解释,反而狠心地说:

嘿!好像做了一场噩梦醒来!这八年功夫,我最得意、最喜欢的女人——没想到居然是个伪君子,是个撒谎的人——比这还坏——是一个犯罪的人。真是可恶极了!

追求平等权利的女人们

[美国]柯里尔和艾伍兹(Currier and Ives)绘

他不停地指责娜拉给他带来了灾祸，还说她是个下贱的女人，全然没有了平时的温情。如果说海尔茂之前是因为不知情，才经常指责娜拉花钱大手大脚，这无可厚非；但在他得知了事情的原委后，他还不体谅娜拉的苦衷，就显得薄情至极了。而他这样做，也足以说明他们之间的关系是极不平等的，是一种单方面高高在上的私人拥有的关系。原本还对海尔茂心存幻想，现在伤心欲绝的娜拉终于看透了海尔茂自私自利、虚伪透顶的本质，毅然决定离开他。

剧中对柯洛克斯泰的人物形象塑造得也比较成功。他唯利是图，在银行当职员却又私下干地下钱庄放债的违法勾当，并利用借贷者的疏忽大意，留下日后可供敲诈勒索的所谓的"证据"。他直言不讳地对娜拉说：

你丈夫必须给我添个特别的新位置……他不敢不答应。等我做了你丈夫的同事，你就瞧着吧！用不了一年的功夫，我就是经理离不开的一个好帮手了。那时候合资股份银行的真正经理就是尼尔·柯洛克斯泰，而不是托伐·海尔茂。

柯洛克斯泰恬不知耻的狂妄形象跃然纸上。

另外，易卜生在剧中还比较成功地塑造了林丹太太和阮克医生两位热心人的形象。林丹太太在得知好友娜拉被勒索的事件后，想真心实意地帮她化解危机。阮克医生在自己已经危在旦夕的情况下，还大胆地向娜拉表露爱护和关心。

亨利克·易卜生（1828—1906），挪威剧作家，挪威文学四大家之一。青年时，当过药店学徒，参加过挪威民族独立运动。

1848年开始写作，共写剧本26部。早期剧作以挪威的民间传说、英雄传奇和中世纪历史为题材，表现民族统一的爱国思想和民主意识，主要有《英格夫人》《觊觎王位的人》等。

1852—1862年，任剧院编剧、导演，倡导挪威民族戏剧，遭到保守势力攻击。先后发表有感于小市民庸俗愚昧精神状态的哲学诗剧《布朗德》和《培尔·金特》。1877年后发表社会问题剧《社会支柱》《群鬼》《玩偶之家》和《人民公敌》等，以尖锐的批判精神和写实技巧，剖析社会弊端，触及法律、道德、政党、妇女地位等资本主义社会问题。

《玩偶之家》亦译《娜拉》，作于1879年。该剧本提出了资本主义社会的法律、伦理和妇女地位等社会问题，是问题剧的代表作之一。

（2020年6月10日于蓉城斋）

斯科特·菲茨杰拉德
《了不起的盖茨比》

　　《了不起的盖茨比》是美国作家斯科特·菲茨杰拉德的代表作。小说通过盖茨比的爱情悲剧，抨击了19世纪末20世纪初金钱至上的资本主义社会里，在极端个人主义、及时享乐思潮影响下，人与人之间的虚情假意和冷酷无情。

　　小说中的主人公尼克到纽约从事证券生意，为了节省开支，他选择住在城市近郊长岛海峡西埃格村，与拥有豪华宅第的富豪盖茨比相邻。豪宅里，每天晚上都会举办盛大的宴会，参加宴会的人来自四面八方，而大多数是城里的名人或富豪。就在尼克准备进一步观察和了解这位神秘的邻居时，主人盖茨比竟然主动向他发出邀请。尼克于是在那个晚上近距离感受到了宴会的豪华奢靡和客人们的激情狂欢。

　　因为盖茨比很低调且很少露面，因此参加宴会的人大多数并不认识盖茨比本人。而对于他的身份和来历亦众说纷纭,其中也不乏许多妄自猜测的流言蜚语。终于,在一次晚会上,尼克碰到一名与自己年龄差不多的男子,交谈中得知对方也有参加第一次世界大战的经历,因而两人产生了志同道合的感觉。这名男子其实就是这座豪华别墅的主人——盖茨比。

之后,盖茨比主动登门,邀请尼克一道乘车进城。于是,尼克慢慢了解到了发生在盖茨比身上的故事。原来,盖茨比年轻时是一名少校军官,他曾爱上过一个叫"黛西"的姑娘,二人两情相悦并很快坠入爱河。第一次世界大战爆发后,盖茨比被派往欧洲参战,然而让他没有想到的是,黛西提出与他分手并嫁给了一个家庭殷实富有的运动员——汤姆·布坎南。

突然的分手让盖茨比感到痛苦万分,他从此坚信是金钱让黛西背叛了他,他发誓要让自己成为富翁并找回黛西。几年之后,盖茨比终于成了一个富翁,他在黛西家的对面建起了一座豪宅,并夜夜笙歌、挥金如土,想借此创造机会与黛西偶遇。尼克听了盖茨比的故事后,决定为他们制造见面的机会。

尼克于是主动邀请黛西前来见面,并向她转达盖茨比的心意。后来,在黛西的丈夫汤姆觉察到他的妻子与盖茨比的暧昧关系而发起责难时,盖茨比理直气壮地指出黛西是爱他的,并当面要求黛西离开汤姆跟他走,可黛西却闪烁其词,心中另有打算。当天,与盖茨比同车回西埃格的黛西,驾车撞死了她丈夫汤姆的情妇——梅特尔。后来,汤姆将此事嫁祸于盖茨比,让梅特尔的丈夫威尔逊误认为盖茨比就是与其妻子偷情的那个人。再后来,威尔逊追踪到别墅的游泳池并枪杀了盖茨比。

尼克到纽约寻找盖茨比的昔日旧友——迈尔·沃尔夫山姆先生,请求他参加盖茨比的葬礼,可他却因害怕受到牵连而拒绝出席。尼克又打电话通知那些以前经常参加盖茨比宴会的朋友们,然而,他们有的支支吾吾,百般推托;有的干脆挂掉电话;有的甚至咒骂盖茨比该死。当初盖茨比别墅里通宵达旦的宴会,每晚都有好几百人参加,可现在盖茨比出殡时却只有很少几个人到场,葬礼显得格外冷清凄凉。而此时的黛西也早已同她的丈夫汤姆外出了。

乡村里的豪华宅第

[法国]马克西姆·莫福拉(Maxime Maufra)绘

尼克亲眼看到了盖茨比的遭遇，切身感受到人世间的虚情寡义。他深感厌恶，怀着一种悲愤的心情，黯然地离开纽约，回到了西部的故乡。

小说中的悲剧人物盖茨比，把他与黛西分手的原因简单归结为没有富裕的家庭背景，认为一切都可以用金钱来挽回。在这个信念的支持下，他四处闯荡以寻找发达的机会；五年后，他终于如愿富甲一方。然而，这时候的他却看不清社会生活环境的变化，自己依然停留在对初恋情人的感情世界里不能自拔，并且想用炫富的方式让初恋回心转意。殊不知，他对初恋至死不渝的追求，换来的却是被愚弄和被利用，甚至丢掉了宝贵的生命。他的炫富行为，得到的不是大家对他的敬意和尊重，而是无端的猜疑甚至恶意诋毁。还有经常出现在盖茨比宴会上的迈尔·沃尔夫山姆先生，一听说盖茨比出事，他想到的竟是不要让自己受到牵连。盖茨比死后，前来参加他葬礼的人，也是寥寥无几。

盖茨比参过军，打过仗，又曾进入牛津大学进修学习，是一个善良勤奋，有理想、有追求的青年。在成为富翁之后，同样是那样的善良。他以为金钱是万能的，可以买到爱情和友情，却不知在资本主义社会极端个人主义和及时享乐思潮下，人与人之间的关系是虚伪的，是围绕利益而不断变化的。

小说结构精致，笔法洗练，语言含蓄，深刻地揭露了19世纪末20世纪初美国现实社会中唯利是图的爱情观和婚姻观。

斯科特·菲茨杰拉德《了不起的盖茨比》

弗朗西斯·斯科特·基·菲茨杰拉德（1896—1940），美国作家。第一次世界大战后，长住巴黎从事创作；后回美国，为好莱坞写电影剧本。创作大多反映美国"爵士时代"城市青年的厌战情绪、精神幻灭和放荡生活。主要作品有长篇小说《尘世乐园》《了不起的盖茨比》《夜色温柔》等，还有短篇小说集4部。

事实上，作者斯科特·菲茨杰拉德的个人经历与其笔下的盖茨比有许多相似之处。斯科特·菲茨杰拉德也参加过第一次世界大战，曾进入普林斯顿大学学习。在军队服役期间，他与当地一名法官的女儿相遇，却因经济拮据无力迎娶，写小说成名后才与法官的女儿结婚。相似的生活经历使得斯科特·菲茨杰拉德能够构思出"盖茨比"这样一个生动丰满的人物形象：了不起却又悲情。

我们今天看《了不起的盖茨比》这部小说，就是要从中吸取教训，树立正确的人生观、价值观。不要把金钱作为人生唯一的目标，不要去追求虚幻的东西。要始终保持一种昂扬向上的精神状态，远离奢靡之风的诱惑。

（2020年6月18日于蓉城斋）

弥尔顿《失乐园》

英国作家弥尔顿的叙事长诗《失乐园》，以反抗、复仇为主题讲述故事：撒旦因反抗天庭，被上帝逐出天界打入地狱后，不甘心失败，遂纠集天使军发动叛乱；后来，撒旦为了复仇，寄身于蛇，潜入伊甸园，诱惑居住在那里的人类始祖亚当和夏娃偷吃禁果，此事触怒了上帝，亚当和夏娃被逐出伊甸园。故事反映了诗人的革命思想、斗争意志和英国17世纪的时代精神。

在天国里，大天使首领鲁西弗蔑视上帝的权威，纠集众天使大闹天庭，与上帝抗衡，被上帝逐出天界并打入地狱的火湖之中。火湖里燃烧着熊熊烈火，成为"撒旦"的鲁西弗和众天使叛军在那里躺了九天九夜才恢复元气。撒旦遭此惨败，发誓要夺回天权。

他号令众叛军列队听他的训示，随后一起动手建造了一座辉煌的万魔殿。撒旦在那里召集了一次会议，号召众将士"同仇敌忾"以夺取胜利。

摩洛主张公开宣战;彼列则为了躲懒而反对作战;玛门也建议和平建设地狱,他的话引来一片喝彩声。最后,副王别西卜告诉与会者:

上帝制造了一个新天地,上面住着人类,我们可以占领它,使上面的居住者落得同我们一样的下场。

就在大家讨论谁去冒这个险时,撒旦宣布由他亲自担此重任。他来到地球的入口,与他的女儿"罪恶"和儿子"死亡"会合。他们为他打开了大门,撒旦飞身潜入,而这一切被上帝发现了。

众天使们

[法国] 古斯塔夫·多雷(Gustave Dore)绘

撒旦不断装扮成各种动物，他看见地球上的亚当和夏娃，并知道了伊甸园禁果的秘密。尤烈儿得知撒旦已经潜入伊甸园，便通知了管理伊甸园的加百列。加百列便派两队天使在亚当和夏娃所居住的园里巡视，以防不测。然而，当天使到达的时候，撒旦却已经在夏娃的梦境中影响了她。

　　夏娃从睡梦中醒来，告诉了亚当自己梦中的经历。上帝见亚当和夏娃危险在即，速派天使拉斐尔去伊甸园向他们说明情况。在亚当的询问下，拉斐尔向他讲述了善恶天使之间所爆发的大战，以及罪恶天使被上帝打入地狱的经过。拉斐尔开导了亚当一番就走了，撒旦正好乘虚而入，像雾一样地回到伊甸园，遁入一条睡着的毒蛇体内。

　　翌日清晨，亚当和夏娃像往常一样开始了一天的劳作。夏娃向亚当建议，他们分开劳动。因为亚当已经从拉斐尔处得到警告，所以极力反对。可是夏娃固执己见，亚当无奈被迫同意。他们分开后不久，夏娃遇到毒蛇，她经不起引诱而尝了禁果。亚当得知此事后大惊失色，然而，亚当深爱着夏娃，于是将拉斐尔的忠告置之度外，也尝了禁果。

　　"偷食禁果"以后，亚当、夏娃首先知道了羞耻。守卫的天使见他们已经堕落，便立即回到天庭上去。被震怒的上帝派他的儿子去审理犯禁者，并当着亚当、夏娃的面宣布毒蛇成为人类永恒的敌人；还告诉他们，夏娃将经历分娩的痛苦，亚当将在人间受苦受难。

　　回到万魔殿后，撒旦得意地向众将士吹嘘自己的"功绩"，并与众将士一起变成了毒蛇。

上帝对亚当和夏娃的不忠感到十分气恼,于是将地球永恒的春天变成了四季,让风暴、冰雪、洪水和地震肆虐人间,还让地球上的人类互相残杀。亚当和夏娃感到非常懊悔,于是乞求上帝的宽恕,但上帝却宣称他们不得再在伊甸园里住下去了。

天使米迦勒将亚当和夏娃带上山顶,向他们展示了未来的情景,并告诉他们将来耶稣的出世、受难、死亡和复活,以及升入天堂为人类赎罪的过程。亚当和夏娃听后,便离开伊甸园到贫瘠的荒地去了。

长篇叙事诗《失乐园》虽然取材于《圣经》,但并没有局限于类似宗教一般的向善说教。弥尔顿用他热情洋溢的文笔和智慧思辨的方法,在长诗的字里行间流露出人类

伊甸园里的亚当和夏娃

[德国]老卢卡斯·克拉纳赫(Lucas Cranach the Elder)绘

社会生存法则和世间苦乐善恶的多重境界。

　　首先,长诗《失乐园》让我们看到,人性的贪婪是万恶的根源。大天使鲁西弗堕落成恶魔,他不满足于自己在天庭的地位,不惜牺牲下界的亿万生灵,甚至把引诱人类堕落作为筹码,竭力与上帝抗衡。生活在伊甸园里的亚当和夏娃,也是因为好奇和不安于现状,才被毒蛇引诱偷吃禁果,最终到了人世间受尽苦难;而人世间的种种乱象和个人悲剧,绝大多数也是起源于贪欲。

　　其次,长诗《失乐园》从适者生存、强者为王的自然和社会法则出发,描写撒旦在地狱和混沌界向上帝宣战的过程,也仿佛是在为坚韧不屈者呐喊鼓劲,与我国古典小说《西游记》中孙悟空"大闹天宫"颇为相似。诗中写道:

　　现在我们是从高高在上的天界,沉沦到了不可测的深渊呀!他握有雷霆,确实强大,谁知道这凶恶的武器,竟威力无比呢?可是那强有力的威力,那胜利者的狂暴,都不能叫我沮丧,或者叫我改变初衷。虽然外表的光环还是消失了,但不移的信念和岸然的骄矜绝不转变;武力的受损,激动了我,决心率无数的天军投入剧烈的战斗,和强权一决高低。他们都厌恶天神的统治而来拥护我,拼尽全力向至高的权力抗衡。在天界的疆场上,做一次冒险的战斗,震撼了他们的宝座。我们损失了什么?并不是一无所剩:坚定的意志、热切的复仇心、永不退让的勇气,难道还有比这更难战胜的吗?

　　这哪里是在谴责堕落天使,分明是反抗暴虐者的战斗宣言。

另外，对于上帝不允许亚当和夏娃吃伊甸园知识树上的果子这件事，撒旦认为：

园中的一切似乎都不是他们所有。有一株叫作"知识"的树，禁止他们吃，知识得禁止吗？没有道理，令人怀疑。为什么他们的主宰要嫉恨知识呢？知识是罪恶吗？有知识是死罪吗？他们只靠无知就有安身之地吗？无知就是他们的幸福生涯、是他们顺从和忠实的保证吗？啊，这是毁灭他们的好基础！这样，我可以挑动他们的心，使他们更增加求知的欲望，抗拒那条深含妒意的禁令，因为天神害怕知识把他们提高到和诸神相等的地位，而设法使他们处于低等地位。

长诗中类似这样的语言表述还有很多，所以浪漫主义诗人布莱克和雪莱都认为弥尔顿"不自觉地与魔鬼为伍"。加之弥尔顿的个人经历，长诗中描述撒旦的这些语言，竟让当时的统治者感到十分害怕。

再次，长诗《失乐园》采用浪漫主义的表现手法写景状物，如灼人的火湖、阴森的地狱、迷幻的混沌界、美好的伊甸园、壮丽辉煌的天界等。描写"两军交战"的激烈战斗场面，也是扣人心弦：

金光辉映着天使们的徽章、刀剑和战利品。那时大小喇叭、号筒齐声奏鸣；全体官兵扬声呐喊，喊声震撼了地狱的苍穹，并且震撼了天外的混沌界和夜的古国。刹那间，依稀可见千万旌旗在空中竖起，飘扬着东方鲜艳夺目的色彩，同时出现了一片长矛的森林，金盔簇簇、甲盾排排，密阵深不可测。密阵伴随着庄严的横笛，立即移动了，柔和的洞箫吹出多利亚的曲调。把古英雄武装出征的辉煌气魄提高到了极度，鼓吹起来的不是一时的血气之勇，而是不为死的恐怖所吓退或逃跑的慎重和坚定；庄严的调子减少了忧愁和烦恼，他使凡人和天人从心底里驱除了疑惑、恐惧、痛苦。他们就这样显示统一大军的威力，心志坚定，在柔和的箫笛声伴随下，沉着地前进，忘却脚下焦土的烧灼。顷刻，他们已聚集于大王之前。只见一片刀枪耀目，长阵森严。

长诗中描写混沌界：

好像一个洪炉张开大口，浓烟和深红色的火焰喷薄而出。呈现在他们面前的是一片茫茫混沌的神秘景象，黑沉沉，无边无际的大海洋，那儿无所谓长度、阔度、高度，也没有时间和地点；由于最古老的"夜"和"混沌""自然"的始祖，从洪荒太古就掌握了主权，在不断的战争喧嚣、纷扰中，长期保持无政府状态，并依靠混乱、纷扰以维持主权。四个凶猛的战士——冷、热、燥、湿，在那里争权夺利，还带了未成形的原子去参加战争，那些原子围绕着各自党派的旗帜，荷着形形色色的武器。

把一些社会乱象写进混沌界里，一定程度上反映了社会现实。

诗中人物的对话，很好地体现了人物的性格特征。如在"偷吃禁果"后，夏娃见亚当如此苦恼，便想用温柔的话语挑起他的激情，却遭到亚当严厉的训斥：

> 别出现在我面前，你这条蛇！这个名字和你很相配，你和他联盟，同样虚伪可憎。你的体态像蛇，你的和颜悦色显示内心的诡诈，告诫其他造物今后要警惕你，免得姿色中隐藏的地狱虚伪毁了他们。我原本是很幸福的，要是没有你，要不是你的骄矜和浮夸的虚荣，在最危险的时刻，不听我的告诫，不重视对你的怀疑，一心只想打败一切，甚至恶魔，和他一较高低。不料一见了蛇，就被愚弄、诱骗了，你被他骗，我被你骗。我本信任你，认为你冰雪聪明、意志坚定、思想成熟，足够抵御一切袭击的，却不知道你只是虚有其表，没有真能耐。

长诗中还针对人类社会法律和道德的作用与缺陷，指出信仰的力量：

> 正是你的子弟，无疑是罪恶在他们中间横行，因此把法律颁发给他们，用以显示他们本质的堕落，鼓动罪恶向法律开战，以便使他们明白法能揭露罪恶而不能消除，虽有象征性的微薄祭物，公牛和山羊的血，也无法赎罪，必须用更贵重的血来为人类付出代价，必须用公正来为不公正付出代价。就是说通过信仰归还他们的正义，在神前有正确的认识和平安的良心；法律不能用仪式来抚慰良心，人也不能靠实行法律的道德部分，法律道德不能实行就不能活，这样法律显得不完善，只有等到时机成熟，将他们让位于更好的圣约。

弥尔顿《失乐园》

约翰·弥尔顿（1608—1674），17世纪英国杰出的诗人和政论家。他出身于一个富有的家庭，自幼受到良好的教育，后来进入剑桥大学深造，还钻研古典文学，受人文主义的思想影响很深。

在读大学期间，他就开始用拉丁文和英文创作诗歌。毕业后，他拒绝担任牧师职务，而是回到父亲的庄园，潜心研究科学和诗歌。在这期间，他创作了不少作品，代表作有《欢乐的人》《沉思的人》《科马斯》《列西达斯》等。1638年到1639年期间，弥尔顿遍访意大利的许多城市，回到英国后，他积极参加了资产阶级反对封建王权和教廷的斗争。1649年，他担任新成立的克伦威尔政府拉丁文秘书，写了大量的文章颂扬共和并抨击反动势力，捍卫人民的利益。后来，由于活动频繁，积劳成疾，他双目失明。王政复辟后，弥尔顿遭受迫害而被捕入狱，但他并没有因此而失去希望。出狱后，他仍然坚持写作，以惊人的毅力，通过口授完成了具有高度艺术性和思想性的诗作，如《失乐园》等，反映了革命斗争的壮烈和革命者不屈不挠的斗争精神，这些作品是英国文学中的瑰宝，对后世的英国文学乃至世界文学产生了不可估量的影响。

《失乐园》故事情节奇幻而生动，大量采用了古典文学和神话故事中的典故，灵活运用了比喻、排比等修辞手法。我们今天阅读《失乐园》这部作品，可以了解西方的历史文化，学习长诗中的浪漫主义表现手法。

（2020年12月2日于蓉城斋）

人生与态度

但丁《神曲》

意大利诗人但丁的代表作《神曲》,以优美的散文叙事诗的方式,讲述了主人公在地狱、炼狱和天堂三种不同境界的神游见闻和感受。作品对历史上意大利各城邦以及党派之间的杀伐争斗,给国家和人民带来的巨大不幸予以谴责;对那些为满足自己的私欲而争权夺利的始作俑者,从神的角度进行了无情的审判;抒发了作者建立天堂般美好社会的理想和抱负。从某种意义上讲,《神曲》是一部可以同我国伟大爱国主义诗人屈原的长诗《离骚》相媲美的壮丽诗篇。

全诗用意大利俗语写成,分《地狱》《炼狱》和《天堂》3部,每部33歌,加上序曲,共100歌。

但丁采取梦中幻游的形式,讲述了自己游历"地狱""炼狱""天堂"的经历。在序曲中,但丁设想自己在人生的中途(35岁)时,在森林中迷失方向,又被象征淫欲、强权和贪婪的豹、狮、狼三只野兽挡住去路。就在其进退维谷之际，古罗马诗人维吉尔出现在他面前。维吉尔是帝国与理性的象征，受贝雅特丽齐的派遣，他特前来为但丁指路，并引导他游历"地狱"和"炼狱"。

《地狱》篇描写但丁在地狱里的见闻。地狱的形状仿佛是一个上宽、下窄的大漏斗，在上下九层的地狱里，关押着按照罪孽轻重分类的罪人。第一层为候审厅，居住的是从未接受过洗礼、诞生在耶稣以前的贤哲的灵魂，如哲学家苏格拉底、诗人荷马等。第二层关押着生前因情欲而犯罪的灵魂，他们在幽深的峡谷里爬行，深陷在泥潭中，任凭狂风暴雨的袭击。第三层居住着贪食者的亡魂，那里地面污浊，秽气难闻。第四层关押着贪婪、吝啬者的灵魂，他们没完没了地互相辱骂、厮打。第五层居住的是生前暴躁愤怒者的灵魂，他们深陷浑浊的沼泽中。第六层聚集着邪教徒的灵魂，他们在大火燃烧的坟穴里嚎叫。第七层关押着暴君、恶棍的灵魂，他们遭受着火雨和热风的灼烧。第八层又被分为十条壕沟，诱奸者、伪君子、阿谀奉承者、以假乱真者等善于使用欺诈伎俩的灵魂，在这里受着各种苦难。第九层是一片常年冰封的湖泊，卖国贼和出卖信义者的灵魂都被冰冻其中。

《炼狱》篇所描写的是生前犯有过错，但已悔悟的灵魂。但丁在维吉尔的带领下，来到地狱的中心，即地狱魔王撒旦所伫立的地方。穿过地狱的中心，二人来到炼狱之山，炼狱山分七级，山巅便是灿烂绚丽的天堂，加上山脚和山巅共九层。炼狱里的灵魂和地狱里的灵魂犯着同样的罪，但程度较轻，并且已为自己在人间所犯下的罪孽悔恨不已。他们正努力地洗涤和净化着自己的灵魂，希望有朝一日能够得到上帝的宽恕。

在进入"炼狱"之前，天使在但丁额头上刻了象征着人生骄、妒、怒、堕、贪、食、色的七个拉丁文字母"P"。与炼狱中的罪魂一样，但丁每走上一层，就会有天使在他的额头上拭去一个字母"P"，表示已经洗去了一种罪孽。与"地狱"不同的是，这里的灵魂并非永久待在固定的层里，他们在将自己的罪过洗清之后，便可进入天堂。但丁和维吉尔登上山巅，那里繁花似锦、祥云缭绕，维吉尔完成了引导的使命，便辞别但丁而去。

《天堂》篇描写天国里九重天的景象。在"炼狱"顶部的乐园里，美丽的贝雅特丽齐出现了，她开始陪伴和引导但丁游历"天堂"。在依次上升的九重天中，但丁见到了许多神学家和哲学家，他接受了圣人对他灵魂的拷问，聆听了圣人关于仁爱真谛的教诲，最后进入天府。这里美丽辉煌、安宁和睦，景色壮丽无比。这里的灵魂，沉浸在上帝的灵光和仁爱之中。

这部梦幻似的叙事诗篇，揭露了封建贵族制度的腐朽和没落，批判了中世纪教会及僧侣阶层的贪婪和腐败，主张个性解放和民主自由，充分表达了作者追求真理、美德和知识的人文主义理想。

在《地狱》篇中，但丁直抒胸臆，把斗争的矛头直接指向当时的教皇卜尼法斯八世，将其打入地狱，让其像木桩一样被倒栽深埋在孔洞里，双脚被烈火猛烧，表现出对这个肆意干涉内政、破坏意大利统一的元凶的不满和愤恨。通过恐怖的下地狱去惩罚、审判有罪者的灵魂以警示后来者，这种创作手法见于许多传说中，如我国古代就有"十八层地狱"之说。然而，像但丁这样直接把斗争的矛头对准统治者的诗人，还是为数不多的。

游历地狱

[英国] 威廉·布雷克（William Blake）绘

此外，在《地狱》篇中，但丁对卖国贼和出卖信义者的灵魂惩罚最为严厉，他们除了在其他几层地狱中受尽酷刑，最后还被封冻在第九层地狱里，但丁以此表达出对这类恶人的恨之入骨。

但丁的《神曲》气势恢宏，他以自己为主人公，上天入地，遍游三界，地狱的阴森恐怖、炼狱的幽暗不明、天堂的瑰丽辉煌，以及各种人物灵魂的互相对话和心理变化，都栩栩如生地展现在读者面前。

《神曲》不仅语言优美、情感炽烈，而且还富有哲理性。比如《炼狱》篇中的那些灵魂，他们通过长时间认真地悔悟，会慢慢脱离苦海，直至上升到美妙的天堂；但如果不坚持修行，就会沦陷到地狱。而那些在天堂里的天使和圣人们同样在坚持修行，否则也会退化下降。其实，这也正好映射着人世间的每个人，不管是达官贵人还是普通百姓，也不管是圣人还是平庸的人，如果管不住自己的心，向恶不向善，就会逐步滑向欲望的深渊，而坚持正道，从点点滴滴做起，终将会取得成就。

但丁对诗人情有独钟，他认为诗歌是给予人们希望的东西。他笔下的诗人在天堂中位置显赫、光芒四射；他们记载历史，歌颂真理，鞭挞丑恶，受人尊重和崇拜。此外，但丁诗中也有对他年轻时期的恋人贝雅特丽齐的敬仰和崇拜，表现出他主张个性自由、追求美好爱情的思想，而这些思想和主张都和文艺复兴的时代背景密切相关。

但丁·阿利格埃里（1265—1321），意大利中世纪诗人，出身于意大利佛罗伦萨的一个小贵族家庭，幼年时父母相继亡故，生活贫寒。

他曾师从拉蒂尼学习修辞学，精读过古罗马诗人维吉尔、贺拉斯、奥维德的诗和希腊哲学家亚里士多德的论著，在诗学、拉丁语、修辞学等领域造诣很深。但丁18岁已经学会写诗，并深受"温柔的新体"诗派的影响。

青年时期的但丁热衷于政治活动，曾加入代表新兴市民阶级的贵尔费党，他积极参加反对封建贵族的斗争，还被选为佛罗伦萨行政官，从事政权的建设。后来贵尔费党分裂为黑白两党，作为白党领袖之一的但丁被判处终生流放。在近20年的流放生活中，他历尽艰辛，始终没有放弃自己的理想抱负，并在颠沛流离中更加丰富了自己的人生阅历，最后用全部精力写成了世界文学史上的不朽之作——《神曲》。

我们今天阅读《神曲》这部著作，可以回顾欧洲文艺复兴时期的历史，学习人类探索真理的艰难历程；还可以学习借鉴浪漫主义诗歌创作的表现方法，开阔我们的视野，提高我们的文学素养。

（2020年8月25日于蓉城斋）

乔伊斯《尤利西斯》

乔伊斯的长篇小说《尤利西斯》,叙述了广告商布卢姆和青年艺术家斯蒂芬在爱尔兰首府都柏林一天中的见闻经历,描绘了一幅幅近代爱尔兰社会的时代风俗画。鲜活的人物形象和丰富的故事情节,向我们展示了人性中的崇高和丑恶,以及人类世俗生活和宗教理想的冲突,对人性的善与恶、人类行为的美与丑进行了淋漓尽致的分析与批判。

小说按照时间的先后顺序展开叙述:一个夏天的清晨,在爱尔兰首府都柏林,青年艺术家斯蒂芬与修士马利根在所住的塔楼交流谈话。斯蒂芬的母亲病危,于是将他从巴黎召回。母亲在弥留之际,请求斯蒂芬下跪为她的灵魂祈祷,但他出于对宗教的反叛没有那样去做。此后,亡母的形象时时出现在斯蒂芬的脑海中。

上午十点钟,斯蒂芬去学校上课,他教的是古代史。他在课堂上对学生们说:"历史是一场噩梦,我必须从这场梦里醒来。"课后,从学校出来,斯蒂芬独自一人徘徊在海边，思索着大自然的变化莫测、人类的生死繁衍以及艺术如何才能保持永恒……

而就在这同一天的早上八点钟，广告商布卢姆便开始忙碌了。他做好早餐送到妻子莫莉床前，并取回了邮件。其中有一封波伊兰给莫莉的信，说下午四点钟将上门来为她排练歌曲，这引起了布卢姆的猜疑。莫莉是一名歌唱演员，与布卢姆结婚已经十六年了，十一年前他们的孩子夭折后，两人的夫妻关系便名存实亡。

上午十一点钟，布卢姆去参加了朋友的葬礼。其间，一些在场的人向他暗示波伊兰与莫莉的暧昧关系，这让他感到无地自容。看着牧师在死者身上洒圣水，他莫名生出一种对死亡的恐惧。

中午，布卢姆去了报社，在那里，他同样受到同事们的奚落并与斯蒂芬相遇。一点钟，饭馆里的人个个狼吞虎咽，布卢姆对此感到厌恶并买了面包充饥。他在路上给海鸥喂食，并帮助盲人过马路。两点钟，斯蒂芬在图书馆与人讨论莎士比亚的戏剧，他认为莎士比亚的作品中很多都带有自传的成分，父与子的关系在《哈姆雷特》《圣经》及《荷马史诗》中都是十分重要的。其实，这也正是他自己处境的真实写照。

下午三点钟，在都柏林街头，波伊兰买了一束花准备送给莫莉。与此同时，布卢姆给莫莉买了一本廉价的小说，并给想象中的女友回了一封信。斯蒂芬在书摊上与妹妹交谈，他的父亲正与人弹琴唱歌。

晚上十点钟，布卢姆到产科医院去看望女友。在那里，他见到斯蒂芬正在与人讨论人类生育的问题。之后，斯蒂芬去了酒馆，布卢姆紧随其后。醉意朦胧中，斯蒂芬似乎看见母亲从坟墓中走了出来，并再次恳求其为她的灵魂做祈祷，但他还是不肯照做。他在痛苦中向街头奔去，被两名英国士兵击倒在地。布卢姆奔上前去救斯蒂芬，他俯下身去，恍惚之中，他所看到的仿佛不是斯蒂芬而是他夭折的孩子。

凌晨一点钟，筋疲力尽的布卢姆扶着斯蒂芬来到一家小吃店。布卢姆悉心照顾斯蒂芬，随后又把他带到自己的家中并留他过夜，而斯蒂芬却表示谢绝。布卢姆上床后倒

在都柏林街头

[爱尔兰]沃尔特·奥斯本（Walter Osborne）绘

头便睡，而莫莉则在床上迷迷糊糊、半睡半醒。她回忆着自己的一生，想起了许多往昔的经历，回忆起自己与布卢姆从相识到热恋的一幕幕场景。

小说《尤利西斯》中的主人公布卢姆，在他所处的环境里是一个卑微的小人物，在社会和家庭中都得不到尊重，经常受到别人的歧视甚至欺负。但他内心善良、富有同情心，他热心帮助盲人过马路，并在斯蒂芬遭难时对他进行悉心照顾，对妻子也是十分宽容。这是小说中所传达出的一个普通人的无私的爱。而一个人历经挫折而仍富有爱心，这正好说明了他在精神上是富有的。

小说中的另一个主人公斯蒂芬，他离经叛道，为追求生命的真实和艺术的崇高常与别人争论不休，对莎士比亚的《哈姆雷特》有自己独特的见解。但在现实生活面前，他却处处碰壁。他最大的心理阴影，是没有为母亲做最后的祈祷，这也成为他人生的一大困惑。

小说中，主人公的活动场所是爱尔兰首府都柏林，作者通过细心的刻画，描绘出了一幅幅生动的社会生活画卷。布卢姆、斯蒂芬和其他众多人物的活动及对话，展现了都柏林甚至整个欧洲市井生活的方方面面。

小说没有一以贯之的故事情节，只有纷纭杂沓的人物活动片段和意识流，作者善于运用大量的"内心独白"来展现主人公对过去的回想、对未来的憧憬。小说中还大量采用了谚语、俗语，这也是一种语言上的创新。

小说《尤利西斯》中纷繁杂乱的社会生活场景，是复杂人类社会的真实反映，其中社会各个阶层之间的差异，社会职业道德和金钱至上的矛盾，神圣的宗教信仰和世俗的社会生活的矛盾，都被淋漓尽致地展现出来。

詹姆斯·乔伊斯（1882—1941），出身于爱尔兰都柏林的一个公务员家庭。1898年进入都柏林大学攻读哲学和语言学，毕业后，乔伊斯前往欧洲各国，开始了漫长的侨居生活。

1902年赴巴黎学医，1903年从巴黎返回都柏林，随后便开始创作短篇小说集《都柏林人》。乔伊斯多年患眼疾，但仍然笔耕不辍，在艰难的境况中完成了《尤利西斯》的创作。第二次世界大战爆发后，法国沦陷，乔伊斯迁居苏黎世，最终因忧思过度而心力交瘁，于1941年去世。

乔伊斯对20世纪20年代后的西方小说家都产生过深远的影响。《尤利西斯》是现代派小说的先驱，问世以来赢得了越来越多读者的认可，被公认为"20世纪最伟大的英语文学作品"。我们今天阅读这部作品，可以了解20世纪欧洲的生活习俗和社会特点，还可以学习这部作品的艺术创作手法。

（2020年8月26日于蓉城斋）

狄更斯《大卫·科波菲尔》

  英国作家狄更斯的小说《大卫·科波菲尔》,讲述了一名孤儿历经艰辛,最终成长为著名作家的曲折经历,反映了英国从封建社会向资本主义社会转型过程中复杂的社会矛盾和人际关系,揭露了当时社会的阴暗和人性的虚伪,歌颂了那些正直善良、向往美好生活的人。《大卫·科波菲尔》称得上是一部洞见人世间真善美和假恶丑的旷世杰作。

  故事从大卫·科波菲尔在萨福克郡布伦德斯通出生展开。父亲去世六个月后才出生的科波菲尔,由于出生在周五晚上十二点,被当地人认为不吉利。后来母亲再婚了,继父摩德斯通和他的姐姐进入了他们的生活。在母亲和继父结婚前,科波菲尔就被送到女仆裴果提的哥哥那里,他结识了许多善良的渔民,包括比他年龄小一些的艾米丽和哈姆。渔村美丽的风景和淳朴的人际关系,使他感到新奇和幸福,他甚至对艾米丽产生了一种懵懂的爱,那是科波菲尔最幸福的一段时光。

从渔村回到家里后,科波菲尔发现继父十分严厉,继父的姐姐摩德斯通小姐性格古怪,母亲对他们也显得唯唯诺诺。天真的科波菲尔大为不解,觉得是他们夺走了母亲对自己的爱。在与继父发生冲突后,他甚至被关在黑屋子里。接下来,他被继父送到一所专门整治顽皮儿童的萨伦学堂。在这所学校里,没有喜悦,只有恐怖,但科波菲尔不仅在那里认识了会吹笛子且善良的梅尔先生,还结识了家境富裕的同学斯蒂福。他们让科波菲尔饱受创伤的心灵得到一丝安慰。

不久,科波菲尔的母亲在摩德斯通和他姐姐的虐待和折磨下去世了。回家参加完母亲的葬礼后,科波菲尔也被狠心的继父撵出家门,到伦敦一家货栈做工,在那里他认

命途多舛的孤儿

[荷兰] 文森特·梵高(Vincent van Gogh)绘

识了房东米考伯先生一家。米考伯先生因欠债被拘捕入狱,善良的科波菲尔经常给他送食物和生活用品。当米考伯先生从监狱获释后,科波菲尔便告别他们一家,毅然决定去找他的姨婆。

与姨婆一家度过一段愉快的时光后,他被姨婆安排到附近的学校读书。再后来,姨婆把科波菲尔托付给当地的律师威克菲尔先生照顾,科波菲尔住在他家里,成了威克菲尔女儿艾妮斯的好伙伴,也认识了事务所的小学徒——尤利亚·希普。

在学校里,科波菲尔成绩优异、表现良好,他在那里度过了自己愉快的一段少年时光。他还结识了不少好友,与艾妮斯的友谊也更为深厚。这期间,同学斯蒂福和米考伯先生也常来看望他。姨婆看到顺利成长的科波菲尔品质优秀,决定从自己的财产中拿出1000英镑,送他到伦敦非常有名望的、培养高级代诉人的博士协会去学习深造。

谁知后来,斯蒂福拐走了正准备和哈姆结婚的艾米丽,裴果提的哥哥从此踏上寻找艾米丽的茫茫之路。而得知科波菲尔在博士协会的米考伯先生,也寻找各种借口想得到科波菲尔的帮助,尽管科波菲尔认为米考伯的行为不太正常,但还是力所能及地帮助他们一家。

再后来,科波菲尔深深地爱上了博士协会负责人斯彭洛的女儿——朵拉,并在其闺蜜的帮助下准备向朵拉求婚。然而,由于科波菲尔继父的姐姐摩德斯通小姐从中作梗,使得没有丝毫思想准备的斯彭洛先生在得知这个消息后非常生气，自然不同意他与朵拉的结合。

而在这个关键的时刻，姨婆的投资又出了问题，基本上濒临破产。此时的科波菲尔处于极度的痛苦中，他感到毫无希望。不久后，独自驾车回家的斯彭洛先生出了事，人们在离家不远的地方找到了他的尸体。这个意想不到的事故，震惊了科波菲尔，让他更加痛苦。由于斯彭洛先生没有遗嘱，朵拉只能由她的两个姑姑监护，在科波菲尔坚持不懈的努力和朋友们的热心帮助下，朵拉的两个姑姑终于同意了他们的婚事。

斯彭洛先生去世后，本来就对博士协会那些虚伪的作秀感到厌恶的科波菲尔，索性离开了博士协会，开始了自己的文学创作，不久便成为当地小有名气的作家。

科波菲尔在萨伦学堂的同学特拉德，后来因工作与米考伯有了交集。陷入债务之中的米考伯走投无路，特拉德为帮助解决米考伯一家的债务，耗尽所有积蓄。科波菲尔和特拉德对米考伯一家的善良之举感动了米考伯，他利用在尤利亚·希普事务所工作的机会，查清了希普以前的种种阴谋。

原来，希普在威克菲尔事务所当学徒时，曾藏匿客户财产、伪造账单凭据，最终把事务所变成自己所有，并要挟威克菲尔先生把艾妮斯嫁给他。

米考伯的义举，不仅挽救了威克菲尔先生一家，而且追回了当初科波菲尔姨婆被骗走的大部分财产。但为此，米考伯被尤利亚·希普举报，并多次被拘留索债。科波菲尔为他偿还了债务，帮助他恢复了自由。

在米考伯准备去澳洲时，裴果提的哥哥几经周折找到了被斯蒂福抛弃、流落在伦敦的艾米丽。裴果提一家决定带她到澳洲开始新的生活。而在他们出发前，海面上发生了大风暴，哈姆在救援游客时英勇牺牲了。此外，在大船上遇难的还有斯蒂福。想起当年与斯蒂福的友谊，科波菲尔也从内心感到一阵难过。不久后，朵拉不幸染病去世。经历了一段时间的痛苦煎熬后，回到伦敦的科波菲尔接受了现实，最终与艾妮斯走到了一起。

这部带有自传性质的小说故事性强，情节跌宕起伏，揭露和批判了当时上流社会的虚伪和人与人之间的尔虞我诈，把当时社会生活中人性的真善美和假恶丑淋漓尽致地展现在读者面前。

小说中，尤利亚·希普这个"假恶丑"的形象是很典型的。他很小就在威克菲尔的事务所当学徒，表面上听话乖巧，任何时候都表现出谦卑的样子，内心却隐藏着邪恶的欲望。他凭借着自身的隐忍，取得威克菲尔先生的信任，成为事务所的业务骨干后，不动声色地盗窃客户资产，并利用事务所的业务亏空控制威克菲尔先生，最终把整个事务所掌握在手中。他还千方百计迫使威克菲尔先生的女儿与他结婚，以使骗取的财产合法化。

还有科波菲尔的继父摩德斯通，明明对科波菲尔是虐待，还理直气壮地说是严格教育和培养。在妻子去世后，摩德斯通原形毕露，不仅理所当然地霸占了她的财产，还把科波菲尔送到货栈去当童工。

小说还塑造了保姆裴果提一家的善良形象。裴果提是科波菲尔母亲的使女，当主人丧夫时，她不离不弃，对科波菲尔关怀备至。后来，在科波菲尔受到虐待时，她愤愤不平。他们一家都非常善良，艾米丽和哈姆都是他们收养的海上遇难者的遗孤，裴果提一家对他们非常好。艾米丽出走后，裴果提的哥哥伤心欲绝，四处寻找。哈姆也尽心尽力地帮助需要帮助的人，在海难中他奋不顾身，救人时不幸壮烈牺牲。这些地位卑微、在社会底层挣扎的人，在精神上却是富有的，是令人敬仰和钦佩的，他们都有着人性的闪光点。

小说中的米考伯先生则是一个显得有点怪异和另类的人物形象。他从事投资屡屡遭挫，穷困潦倒却善于自我解嘲，经常耍点小聪明，以求得别人的帮助。但他的人生也有目标，眼里有善恶，胸中有正义，为人懂感恩。他在关键时刻挺身而出，揭露了尤利亚·希普的犯罪行为；移民澳洲发展后，还不忘别人的恩情，逐步偿还所有债务。

科波菲尔的同学特拉德，小时候在萨伦学堂经常被体罚，性格比较内向软弱；后来经过刻苦努力进入事务所当律师。他本性善良，与米考伯有了工作交集后，尽力帮助他们一家，是忠厚老实的典范。

小说中的斯蒂福，为人大方、讲义气，经常帮助弱小和受欺负的科波菲尔，但他也有自私自利的一面。他利用艾米丽的虚荣心拐走了她，得到了又不珍惜，竟然把自己心爱的人转让给仆人，使其备受苦难和折磨。

小说对于爱情和婚姻的描写,也有深刻的警示和教育意义。艾米丽崇尚虚荣,最终成为斯蒂福的牺牲品。科波菲尔对朵拉一见钟情,但婚后生活并不理想;而聪慧机智、有主见、明事理的艾妮斯,最终与科波菲尔走到了一起。

查尔斯·狄更斯(1812—1870),是19世纪英国最杰出的小说家之一。其父亲是一名海军小职员,后因债务入狱,狄更斯从此担起了家庭重任。他曾担任过报社记者,与报社出版人霍加斯的女儿凯瑟琳结婚,由于两人性格上的差别,婚后生活不算幸福。

他一生刻苦写作,创作了14部长篇小说和许多中短篇小说、杂文、游记、戏剧等。繁重的劳动、生活的烦恼以及对现实的失望,严重地损害了他的健康,1870年,狄更斯去世,年仅58岁。

在小说《大卫·科波菲尔》中,主人公科波菲尔的生活道路上处处都有狄更斯的影子,可以说这是一部半自传体性质的小说。我们今天读这部作品,应该结合它的时代背景和社会特征,客观理性地去分析其中的人物性格。尽管所处的社会形态和时代背景不同,但人物身上所折射出来的美好和邪恶却有相似之处,关于人性中真善美和假恶丑的命题始终存在。

(2020年9月7日于蓉城斋)

蒙田《蒙田随笔》

法国作家蒙田的散文集《蒙田随笔》，是他在多年潜心研究古代希腊和古代罗马思想家以及对现实社会生活进行细致观察的基础上所写的读书笔记。《蒙田随笔》采取辩证的思维方式，从哲学思考、伦理道德以及心理学层面，对当时人类社会生活中的种种问题进行剖析，特别是对事物的发展状态和结果进行分析，力求全面正确地认识事物的本质属性，是一部理论性、经验性和实践性相结合的伟大著作。整部作品共三卷，比较集中地体现了作者的人文主义思想。

首先，从哲学思考层面来讲，《蒙田随笔》所反映出的"怀疑论"哲学思想，是受到古希腊哲学家皮浪的"怀疑主义"影响的。他们认为，人的感官是不可靠的，世界是不可知的，真理是不可捉摸的。

千百年来，人们在认识事物的过程中，由于所处环境条件的不同、社会地位的不同，甚至气候条件和心理状态的不同，都会得出若干不同的结论。

蒙田在文章《殊途同归》中写道：

人是极其虚荣和反复无常的，对人很难做出固定不变和千篇一律的评价。

他怀疑一切，包括当时科学家们新发现的动物、植物、矿物等，甚至对哥伦布"发现"新大陆也将信将疑。在文章《论想象之力量》中，蒙田写道：

有些事情让我们怀疑，一个神学家、一个哲学家和那些同时具有谨慎之心与良心的人，到底适不适合描述历史。

两个阅读中的女孩

[美国] 罗伯特·刘易斯·里德（Robert Lewis Reid）绘

怎么能够对陌生人所说的话负责？怎么能把他们的臆测当成现实使用呢？

我认为，写眼前所发生的事要比写过去所发生的事承担更大的风险。

蒙田的"怀疑论"哲学思想，反映了当时很大一部分人文主义者的思想倾向，从一定程度上来讲，起到了反封建的积极作用。

在《当心灵缺乏真实目标时，如何转移冲动的情绪》一文中，蒙田写道：

我年轻的时候，人们常说临近有一个国王，因为受到上帝的杖责和赌咒，他下令要他的百姓十年内不得向上帝祷告和与他说话，而且在他所管辖的范围内，不得信仰上帝。

这故事与其说是描写国王的愚蠢，还不如说是描写民族的自豪感。这两种毛病常混在一起，可是这样的行为的确是出自骄傲比出自愚蠢的多。

在蒙田看来，这就是用"怀疑论"来反权威、反封建统治。

其次，《蒙田随笔》主张放弃虚幻的表象，转而追求现实的人生态度。蒙田虽然怀疑上帝，但并不否认"神"的存在，并强调人的"善良天性"。他还从实用哲学的角度出发，认为重要的是要相信人的本性，而不要使人的本性受到理性的驱使。

他主张人要顺其自然，服从生命的自然需要。他认为，人在面对死亡时，应该服从自然规律，然后尽情地去享受

生活。在《研究哲学就是学习死亡》一文中,他写道:

任你活满多少世纪,永恒的死亡仍将等待着你。

蒙田对生命与生活的思考是深刻而有借鉴意义的,在《论经验》一文中,蒙田写道:

只有乐于生活的人最不反感死亡。有人享用生命节俭而又慎重,我享用生命却双倍于别人,因为衡量享用生命的程度取决于我们在一生中做了多少努力。

关于教育,蒙田的《论儿童教育——致迪安娜·德·富瓦居松伯爵夫人》一文,展现了蒙田的人文主义教育观:

背熟了不等于知道,那不过是把别人讲的东西储存在记忆中。真正知道的东西,就要会使用,不必注意老师,不必看着书本。死背书本得来的才能,是令人遗憾的才能。

他反对"经院式"的机械背诵,认为依靠死记硬背,只能让孩子的头脑僵化。他主张培养孩子的判断力、思考力,提倡造就精神独立的人才,使他们崇尚美德。

关于学习,蒙田论述了"学习需要转化成自己的本领"的观点,如在《论学究气》中,他运用形象的举例来论证观点,写道:

将别人的学问保存下来,就算是了结了吗?我们首先就得把它们变成自己的。换句话说,我们像一个需要火而到邻家取火的人,但在那里看见一堆熊熊的火焰,忘记自己要干什么。即使我们腹中充满了食物,如果我们不能把它消化，如果我们不能把它变成我们的，如果它不能增长我们的力量，于我们有什么益处呢？

而对于那些不注重自身德行修养，只会空谈吹嘘自己的所谓的"学问家"，蒙田进一步写道：

农民和鞋匠按照自己的方式，简简单单，朴朴实实，知道什么就说什么；而那些"学究"，因为想用浮在他们脑袋表层的知识装样子，越是这样，就越陷入尴尬。

关于学习所起的作用，蒙田认为：

学问不是用来使没有思想的人有思想，使看不见的人看得见的。学问的职责不是为看不见的人提供视力，而是训练和矫正视力，但视力本身必须是健康的，是可以被训练的。

蒙田提出，未来的"绅士们"不必学习过多的理论知识，而应当在实践中、在旅行中、在与他人的交往中去学习；要有强壮的体魄、坚强的性格以及敏锐的洞察力和不带偏见的批评精神；要把体育和智育联系起来，使得身心健康发展。

与此同时，蒙田认为人要有正确的人生目标，他在《论无所事事》一文中写道：

心灵没有明确的目标就会迷失方向。正如有人所说的，无处不在就等于无处所在。

蒙田还阐述了"人要有主见、要有追求事物真相的勇气"

的观点。在《凭个人判断力来辨别真假是愚蠢的》一文中，他写道：

> 轻信和容易被人说服常被等同于愚昧和头脑简单，这是有根据的……轻信这种东西，就是一种铭刻在我们灵魂上的标记，越软弱和缺少抵抗力的灵魂越容易接受外来的印象……但是在另外一方面，随便把那些我们还不太肯定的事物断定为虚假，这种傲慢的做法也是很愚蠢的，这是那些自以为比常人高明的人容易犯的通病。

蒙田强调人要有自知之明，而不能自命不凡。他在《论自命不凡》一文中写道：

> 只有当我们的自负和虚荣心被哲学打击和压抑时，只有当哲学承认自身的犹疑和浅薄时，我才觉得它有良好的效用。我认为，人的自命不凡是错误观念的本源，不管那是普遍见解或是个人之见。

蒙田非常重视真正的友谊，在《论友谊》一文中，他论述道：

> 亚里士多德曾说过，好的法官看待正义远远没有友谊重，现在它的美的最高点就是这个。……概括地说，那一切由利益或娱乐、由公共或私人的需要所滋养和结合的，他们愈把其他原因、效果、目的混在友谊之内，愈不见其高贵和美丽，也就愈谈不上什么友谊了。就是古代所认识的这四种——血缘的、社交的、待客的以及男女情爱的，无论是单个而言还是加在一起，都够不上理想的友谊。

与此同时,他还认为:

友谊是心灵叠合,我中有你,你中有我,浑然成为一体,使二者联结起来的纽带消失,无从辨认。倘若有人硬要我说出爱他的理由,我会感到无法表达,只好说:"因为这是我,因为那是他。"

米歇尔·德·蒙田(1533—1592),是文艺复兴时期法国思想家、散文作家。他出身于法国南部的一个富商家庭,幼年受过良好的教育,13岁到图卢兹大学攻读法律学专业。

成年后,当过法官和国王的侍从,还担任过外交使节,并两次当选为波尔多市市长。他忠于职守,有强烈的使命感和公共服务意识,在繁忙的政治生活中笔耕不辍。

《蒙田随笔》是他一生智慧的结晶,也是他个人思想的集录。我们今天读《蒙田随笔》,要借鉴其中的辩证思维方式,采取具体问题具体分析的方法去观察分析事物,去伪存真、去粗取精,正确认识客观事物的本质属性。

(2020年9月25日于蓉城斋)

大仲马《基督山伯爵》

《基督山伯爵》是法国作家大仲马的代表作。拿破仑"百日王朝"时期,一艘名为"法老号"的海运船上,一名年轻水手遭到诬陷并被囚禁在监狱长达十四年之久。后来,这名水手得到一个偶然的机会逃出那暗无天日的地方,他按照狱友法里亚长老的指点,来到一个名叫"基督山"的岛屿上;他在找到斯巴达红衣主教所埋藏的巨额财富后,便化名"基督山伯爵"开始复仇计划,逐个惩罚参与陷害他的恶人,并报答对自己有恩的人。《基督山伯爵》生动地反映了那个时代复杂多变的政治格局和社会痼疾,揭示了人性的狡诈和丑恶,是一部具有深远社会影响力的文学巨著。

小说的主人公唐代斯是一名精明能干且正直善良的年轻水手。他对未来充满希望,并沉浸在获得美满爱情的幸福之中。由于老船长在航海途中去世,唐代斯便成为代理船长。不久，他与相爱的姑娘梅色苔丝举行了订婚仪式。可就在这个美好的时刻，不幸却降临到他的身上。唐代斯在路过厄尔巴岛时，帮拿破仑带了一封信回巴黎；"法老号"船上的押运员丹格拉尔在得知此事后，出于对他的嫉妒写了告密信，并怂恿唐代斯的情敌——菲尔南递交给了当局。

代理检察官维尔福收到告密信后，立即安排人去逮捕了唐代斯，并顺利获取到那封密信，谁知这封密信竟是写给他的父亲的。维尔福很快就从惊吓中清醒过来，直接带着密信去面见路易十八。

不久，船主莫雷尔找到当局并请求释放唐代斯，维尔福怕自己之前的阴谋败露，便以各种理由加以搪塞阻拦，唐代斯因而未能获释。拿破仑兵败滑铁卢后，政权再一次发生更迭。此时，维尔福登上了巴黎高等法院首席检察官的高位，唐代斯则被遗忘在古堡黑暗的牢房中，几近崩溃的他准备通过挖地道伺机逃跑。

这时，他遇到被关在隔壁牢房里的法里亚长老，长老告诉了唐代斯一个惊天的大秘密：在附近一个名叫"基督山"的岛屿上，当年的斯巴达红衣主教曾藏有一笔富可敌国的财富。长老病逝后，唐代斯施以"移花接木"之计，自己藏进法里亚的葬尸袋里，最终成功越狱。

死里逃生的唐代斯后来找到了长老告诉他的那笔巨额财富，并化名"基督山伯爵"开始了他的复仇计划。他化装成布索尼长老、威尔莫爵士等人，找到当年的邻居卡德鲁斯，了解到丹格拉尔和菲尔南诬告陷害他的详细情况。

原来，当年告密的主谋丹格拉尔在把唐代斯送进监狱后，先是成为新"法老号"的船长；再后来，他在船主的推荐下，到西班牙当了银行出纳，不久便开始在军粮处贪污发财。他先后娶了银行家的女儿和一名寡妇为妻，又靠窃取情报、搞股票投机而成为百万富翁，并受封为男爵。

基督山伯爵的管家

[法国]保罗·加瓦尼（Paul Gavarni）绘

而当年告密的实施者菲尔南,在唐代斯入狱后便娶了他的未婚妻梅色苔丝。在拿破仑滑铁卢战争期间,他跟随一名叛逃的将军私通英军,后来当上了少尉,并靠出卖和杀死对他无限信任的总督阿里帕夏当上了中将。他还将总督的女儿和妻子卖了,从中捞了一大笔钱,带着"德·莫尔塞夫伯爵"的头衔回国,成为显赫一时的政界人物。

当年的检察官维尔福在把信作为邀功请赏的工具后不久,拿破仑复掌政权。滑铁卢事件中,维尔福的双手沾满拿破仑党人和广大人民的鲜血。"七月王朝"时期,维尔福成为巴黎高等法院首席检察官。

来到巴黎,唐代斯得知父亲在自己入狱不久后饿死家中的信息,而他的恩人——"法老号"船主莫雷尔——也因为受到丹格拉尔等人的排挤濒临破产。他一方面准备复仇,另一方面化装成布索尼长老和基督山伯爵报恩,帮助莫雷尔脱离困境。

唐代斯利用丹格拉尔贪婪的本性,故意制造虚假信息,使其投机生意破产;又安排强盗囚禁他,让其尝尽忍饥挨饿的煎熬;还逼他交出身边携带的五百万支票,让其破产。

而对菲尔南,唐代斯则通过新闻媒体等揭露其罪恶,使其妻离子散、身败名裂。

对于见风使舵、阴险狡诈的维尔福,唐代斯设计让其私生子因谋杀罪受审;并在法庭上揭穿维尔福的真面目,这使他的后妻羞愤难当,在杀死自己儿子后也自杀身亡;维尔福在受到一系列打击后,最终疯了。

小说的最后,梅色苔丝在菲尔南自杀后,与儿子一起也远走他乡了。维尔福与前妻所生的女儿与"法老号"船主的儿子,二人历经磨难终成眷属。

唐代斯复仇成功的原因,可以简单总结为:首先是其强烈的复仇愿望和坚忍不拔的毅力,在身不如死的监狱里,他顽强地坚持了十四年;其次是其巧遇法里亚长老,长老向他传授了丰富的社会知识,增强了他适应复杂社会的能力;最后是他在基督山找到的那笔富可敌国的财富。

与此同时,当时的社会经济运行中所存在的大量漏洞和人们的虚荣心,也成为他复仇成功的先决条件。在这些条件中,人性的贪婪和金钱的诱惑是最直接和最重要的因素。

唐代斯是一个具有正义感且善良的人,经历生死磨难的他对于复仇有着坚定不移的信念。尽管如此,当他看到复仇计划实施中,仇人及其亲属灾难性的毁灭时刻时,他却又动了恻隐之心。比如对造成他入狱受苦的主要仇人——丹格拉尔,在使其身败名裂、逼其吐出不义之财后,唐代斯还是放过了他,并给他留下五万法郎的活命钱。

小说中的代理检察官——维尔福,出身贵族之家,原本是一名年轻有为的绅士,其父辈也早就为他铺平了一条安稳的康庄之路,可他却选择靠阴谋诡计和投机取巧来谋取高位。他不仅与银行家丹格拉尔和菲尔南勾结起来谋取私利,还在婚内勾搭寡妇,并差点害死自己的私生子。维尔福虚伪、自私、残忍,他的下场罪有应得。

小说中的另一个重要人物——菲尔南,他为了梅色苔丝而与唐代斯结怨,后来又在战争中背叛了自己的祖国,出卖了对他备加倚重的阿里总督,还丧心病狂地把总督的女儿卖给人贩子做奴隶。这样一个靠别人的痛苦和鲜血来换取身份和钱财的家伙,最后也落得身败名裂的下场。

小说中还描写了其他一些人物。如当初的邻居卡德鲁斯,虽然在陷害唐代斯的事件中,他只是一个旁观者,在唐代斯被捕时,他也曾想出面为其证明清白,但因胆小怕事而未能出面。后来,在贪欲的驱使下,卡德鲁斯默许夫人干起杀人的勾当,最终自己也锒铛入狱。

亦如唐代斯在走私船上所结识的水手雅科波、曾刺杀维尔福的刺客贝尔杜齐奥和海盗头子路奇·王霸等社会底层人物,他们富有同情心、行侠仗义、性格豪爽,敢于同统治阶级中的邪恶人物斗争,他们的职业是非法的,但性格却是憨厚可爱的。

以惩恶扬善、复仇为主题的小说《基督山伯爵》,传奇色彩浓厚,故事情节生动,伏笔较多,逻辑严密。小说中,对唐代斯在城堡监狱中待十四年的那种绝望的心情和挖地道逃离苦海的一波三折,以及与法里亚长老交往的深情厚谊的描写最为感人。

《基督山伯爵》（又译《基督山恩仇记》）的作者亚历山大·大仲马（1802—1870），他是19世纪法国浪漫派的戏剧家和小说家，出生于巴黎附近的小镇维来科特。

其父亲是18世纪法国资产阶级革命军队的一名将领，后因对拿破仑远征埃及的侵略行径不满而遭排挤和冷遇。

大仲马继承了父亲的资产阶级革命传统，青年时代由于对波旁王朝的憎恨，他参加了1830年的"七月革命"。因为他的共和观点，当局甚至下令要逮捕他，他便借此去意大利、德国、瑞士等地旅游。这些经历，都为他日后的创作打下了坚实基础。

大仲马对创作的兴趣是从戏剧开始的，1829年，他的剧作《亨利三世和他的宫廷》获得最初的成功。之后，大仲马把他的创作重心转移到小说上，发表了一系列连载小说，成为法国作品最多的作家之一。作品中比较著名的有《三个火枪手》《基督山伯爵》等。

我们今天读《基督山伯爵》这部小说，除了能了解到19世纪中叶的法国的历史，还能从基督山伯爵惩恶扬善的故事中获得人生的启示，学会客观地看待金钱和物质利益，做一个正直善良且对社会公众有益的人。

高尔基《母亲》

高尔基的小说《母亲》，是俄国最早描写无产阶级革命斗争的小说。反映了俄国革命准备时期蓬勃发展的工人运动；歌颂和赞扬了工人阶级和农民群众在革命者的启发教育和组织发动下，为改变命运而进行的波澜壮阔的革命斗争运动；塑造了青年革命者巴维尔和他的母亲的伟大形象，表现了俄国工人运动从接触马克思主义理论和参加实际斗争中逐渐提高觉悟的过程，激励人们为追求真理而献身。

小说一开始就把在工厂主残酷剥削和压迫下，工厂工人苦难而浑噩的生活场景生动地展现在读者面前：

在工人区的上空，在充满煤烟和油臭的空气中，汽笛在工厂区颤抖着鸣叫起来。那些脸色忧郁，睡过觉却仍然没有消除疲乏的人们，像蟑螂似的，立即从灰色的小屋子里跑到街上，沿着没有铺筑的泥泞的道路向厂房走去……

他们浑身油烟,面孔漆黑,在空气中散发着机油的恶臭,露出饥饿的牙齿,又在马路上走着。

小说的主人公——尼洛夫娜和她的儿子巴维尔,就生活在这种阴沉冷漠的环境中。尼洛夫娜经常忍受着丈夫的殴打、虐待和宗教神权的束缚,她愚昧无知,非常孤独却又逆来顺受。丈夫得病死后,她把一切希望都寄托到巴维尔身上。

不久后,巴维尔开始阅读书籍,主动接受马克思主义思想。一些先进的青年工人,组成学习小组,经常在家里聚会,巴维尔逐渐成了这个小组的领头人。他们一边学习,一边开展斗争,在工厂里散发传单,揭露资本主义剥削的本质并号召工人团结起来。

母亲和孩子

[法国] 卡米耶·柯罗(Camille Corot)绘

母亲尼洛夫娜知道巴维尔走上革命的道路后，最开始感到忧心忡忡，为儿子的命运担心。后来，在儿子的启发和帮助下，在青年们谈话和活动的影响下，尼洛夫娜开始接受巴维尔的做法并主动帮助他。

又过了不久，工厂爆发了"沼泽地戈比"罢工事件。在这次罢工中，巴维尔号召群众宣传工人阶级必须团结起来，要依靠自己的力量救自己，并勇敢地同工厂主进行面对面的斗争。罢工失败后，巴维尔第一次被捕入狱。尼洛夫娜冒着危险，替儿子去工厂散发传单。

巴维尔出狱后，便组织广大工人群众一起参加"五一节"示威游行；在游行中，巴维尔和其他革命者高高举起革命旗帜，在队伍前面开路。他们高唱《国际歌》，高呼"劳动人民万岁"等口号，游行队伍像一股黑色熔岩似的向前奔涌。然而这时，沙皇的军警到了，刺刀在空中晃动，巴维尔等革命工人同军警展开了一场殊死搏斗，最后他们都惨烈被捕。

巴维尔再次入狱后，尼洛夫娜感到非常悲痛，并更加坚定地走上了革命的道路。她有时装扮成女商贩、修女，有时装扮成朝拜圣地的巡礼者，身背口袋或手拿提箱到各地散发传单和输送革命书刊。不论是在轮船上、火车上，还是在旅馆里、客栈里，她总是会主动地向群众进行宣传鼓动。

巴维尔等人长期被关在监牢里，后来沙皇政府终于开庭审判他们。这一天，尼洛夫娜也来到了法庭。法庭上，巴维尔和同志们一个个慷慨激昂，义正词严地驳斥了法庭强加给他们的罪名。巴维尔庄严宣告：

我是一个党员，我只承认党的审判……我们是社会主义者，是私有制的敌人。

第二天，巴维尔在法庭的演讲便被印成传单，尼洛夫娜把传单带到车站，就在她正准备向群众散发时，突然发现自己被暗探盯住了。于是，她急中生智，把传单向人群中撒去，并高声喊道：

昨天审判了一批政治犯，里面有一个叫"符拉索夫"的是我的儿子。这就是他在法庭上的演讲稿子，请大家看看。

野蛮的宪兵立即扑上去毒打尼洛夫娜，但她继续高呼：

真理是用血海也不能扑灭的！

小说中的母亲尼洛夫娜，是一名在封建制度下受压迫、受剥削的普通妇女，后来逐步成长为无产阶级革命者。在儿子和同伴们的影响下，她逐步明白了：

大家有一个共同的母亲——这个母亲就是世界各国工人友爱团结这战无不胜的思想。她使我们感到温暖，她是正义天国的太阳，而这个天国就在工人们的心里，不管是谁，不管他把自己叫作什么，劳动者、工人或者底层人们，只要是社会主义者——我们就永远是目标一致的同胞，现在是这样，将来也永远是这样。

曾经善良柔弱的母亲，开始从社会最黑暗、最底层的泥沼中直起腰来，为她的儿子感到自豪，投身支持帮助儿子及同伴的行动，做一些力所能及的革命工作。随着革命形势的发展，这位母亲能够从过去更多只是关注自己儿子安全的"小我"境界中超脱出来，全身心地投入到联络农民兄弟、营救被捕革命同志的工作中去。在她的心里，已经有了革命就会有牺牲，作为革命者就要有随时牺牲自己和亲人的准备。当这样一位伟大的母亲形象展现在读者面前时，她不但是巴维尔的母亲，也是所有革命者的母亲，是一位从封建旧社会中脱胎换骨的革命者的伟大形象。

一名革命女性

［乌克兰］奥列克萨·诺瓦基夫斯基（Oleksa Novakivskyi）绘

小说中巴维尔的形象塑造也很成功。年轻的巴维尔也曾陷入迷茫，然而，当他接触到进步书籍和革命思想后，他便很快成长为一名坚定的革命者。在几次大的革命运动中，他不畏强暴、冲锋在前，两次被捕入狱，革命者的坚强意志和百折不挠的气节，在他身上展现得淋漓尽致。巴维尔的形象，是无产阶级革命中坚力量——工人阶级先锋队——的集中展现。高尔基在塑造这个形象时，没有任何遮掩和犹豫，他把工人阶级的革命理想和革命对象正大光明、理直气壮地告诉大众，以此启迪革命群众。

小说中，霍霍尔、尼古拉、叶戈尔、萨申卡、索菲娅等人的形象也并非千人一面，而是各有其特征。他们中有被流放西伯利亚、久经考验的革命者，还有因参加战斗而失去了伴侣的革命者。

在性格上，他们有的疾恶如仇，有的成熟稳重，还有的革命者，如索菲娅等人，讨论问题时容易以自己为中心。性格上的细微差别，有时也会使革命者之间产生一些小的矛盾和短暂的不快。比如，巴维尔在被捕后，住在尼古拉家的尼洛夫娜对索菲娅的生活习惯和说话态度就有一些看法：

对于索菲娅随处乱丢烟蒂和烟灰的散漫习惯，特别是对她无所顾忌的高谈阔论，尼洛夫娜却很难适应。在尼洛夫娜看来，索菲娅像个急于要装成大人的孩子，却依然把他人看成是有趣的玩具。她时常高谈劳动的神圣，但是由于她马虎随便，总是为母亲增添不必要的操劳。

还有其他一些来巴维尔家里讨论问题的革命者，有的在母亲眼里也有这样那样的毛病，但共同的革命目标又把他们紧密地团结起来，义无反顾地投入到革命工作中去。正是因为这样一些无关大局的性格差异，使这些革命者的形象显得更加鲜活生动。

　　另外，小说对无产阶级革命中农民觉醒者的描写也是十分深刻的。沙俄时代的农民对封建地主的剥削压迫是深恶痛绝的，但他们较为分散，不容易形成团结一致的力量，特别是他们中间的一些人得过且过、满足现状，加大了在农村发动革命的难度。但革命的种子，还是通过传单和进步书籍在乡村萌芽。

　　书中的农村革命者雷宾和他的伙伴们，就是通过城里带去的传单和书籍开展活动的。生活经历丰富、性情直爽的雷宾，刚开始也是看不起从城里来做宣传的革命者，认为他们夸夸其谈，不了解农村情况。而他自己的认识也仅局限于对本地具体的人和事的不满，还没有上升到站在无产阶级革命的高度去看待形势，所以经常会以嘲笑的口吻去谈论城里的革命者。

　　后来，进步的书籍和革命的传单让他们觉醒起来，雷宾和斯捷潘、彼得等人，主动与城里的革命者联系，请他们提供传单和书籍，向周围的农民传播革命思想，组织他们反抗封建地主的压迫与剥削。雷宾还对母亲尼洛夫娜充满敬意，感谢她不怕牺牲，历尽艰辛为农村提供宣传资料。后来雷宾被乡村警察逮捕，但其宁死不屈，唤起了周围农民的觉悟，更多的人起来反抗封建统治，与城里的工人阶级一起团结起来进行革命。

马克西姆·高尔基（1868—1936），原名阿列克赛·马克西莫维奇·彼什科夫。他从小家境贫寒，从事过很多职业，当过学徒、码头工、面包师等，饱尝了底层社会人民的苦难和心酸。

在繁重的劳动之余，高尔基勤奋自学，靠大量的书籍阅读扩充自己的视野。他一生留下了大量著作，"十月革命"后被推选为苏维埃作家协会主席，主要作品有《母亲》《童年》《在人间》《我的大学》等。

他是苏联伟大的无产阶级文学家，同时也是一位杰出的社会活动家，不仅给俄国无产阶级革命，也给世界无产阶级革命运动做出了巨大贡献。他还是苏联社会主义现实主义文学的奠基者，列宁称他为"无产阶级艺术最杰出的代表"。高尔基在苏联文学史乃至世界文学史上都占有极重要的地位。

我们今天读这部小说，可以比较具体地了解俄国无产阶级革命的历史，学习巴维尔和其他革命同志们为实现崇高理想而奋不顾身的献身精神，更要学习母亲尼洛夫娜那种舍"小我"而顾"大我"的革命胸襟和勇敢无畏的气度。

（2020年12月8日于蓉城斋）

莫泊桑《一生》

莫泊桑的小说《一生》，讲述了没落贵族小姐约娜由幻想到幻灭的一生。她向往纯真的爱情和幸福的婚姻，但她的丈夫却是个卑鄙无耻之徒；她转而把希望寄托在儿子身上，但儿子也让她失望；最后，她在女仆的救助下苟延残生。小说深刻地反映了19世纪贵族阶级的没落和资产阶级的欺诈行为。

故事从主人公约娜结束在修道院五年的寂寞生活后，兴奋地期待爱情和展望美好的未来开始。她在白杨山庄结识了于连·德·拉马尔子爵，二人在一次同游后互生情愫。一天早晨，约娜的父亲走进房间对她说，子爵来求婚了，但还没有给他答复。看着满脸羞涩的女儿，父亲说：

我们比他富有，但不能光从财富上着眼。他父母双亡，因此婚后你们可以住在白杨山庄。但如果你嫁给别人，就要离开我们到别人家生活了,当然这事归根结底要你自己拿主意。

约娜回答说愿意与子爵结婚,不久,二人便举行了婚礼。

婚后,约娜便与丈夫外出度蜜月了。母亲交给她两千法郎作为零花钱,他们尽情享受着爱情的甜蜜。两个月后该回家了,约娜想用母亲给的钱买些东西,于连却只给她一百法郎,约娜对此感到十分失望。而回家的当天晚上,于连也推托说很疲乏,没有去约娜的卧室。约娜躺在床上,感到一阵说不出的凄凉。

不久后,于连接管了约娜父亲的全部家产。他开始刁难平民、紧缩开支,吝啬地将伙食费都缩减到最低限度,

一场关于结婚的讨论

[英国]威廉·荷加斯(William Hogarth)绘

而每当能克扣下几个小钱,他总是沾沾自喜。他还会为了些微不足道的事就大发脾气,甚至痛打仆人。他再也没有了当初那风流倜傥的模样,而是换上了土财主的装束,连胡子也不刮。

　　此时的约娜不明白,这个人何以成了一个从外在形象到内在情感都让她感到陌生的人?这个人何以会与自己相识相爱、同床共枕?人生难道就是这样的吗?

　　父母亲早已回城里了,只有使女萝莎丽还陪伴着约娜。可后来萝莎丽也有了很大的变化,因为她生下了一个婴儿。于连对此十分震怒,要将萝莎丽赶走,而约娜坚决不同意。约娜虽然未能从萝莎丽嘴里问清实情,但还是保住了她,并把婴儿送出去寄养。

　　此后的一天半夜里,约娜感到不舒服想要去找于连,却发现萝莎丽躺在于连的床上。看到如此情景,她疯了似的冲出屋去,昏倒在了海边的悬崖……

　　被送到医院之后,约娜发现自己怀孕了,萝莎丽也说出了于连霸占自己的实情。后来,约娜的父亲设法将萝莎丽体面地嫁了出去,无耻的于连此时竟吝啬起给萝莎丽的那两万法郎陪嫁,想要收回大部分,但约娜的父亲坚持把全部嫁妆给了萝莎丽的丈夫,于连知道后竟然大闹一场。

　　在极度痛苦中,约娜生下了儿子保尔。不久后,于连身上又恢复了昔日那种高雅的贵族气质,原来,他又和邻居福尔维勒伯爵夫人好上了。此时的约娜已感到心灰意冷,她除了儿子保尔，什么都不去想。

但是福尔维勒伯爵却不愿意善罢甘休，最终在一个暴风雨的日子，伯爵设计让于连和伯爵夫人双双死于非命。

此时，约娜的母亲早已因病去世，约娜和父亲、丽松姨妈在白杨山庄相依为命，共同抚养着保尔。一晃十几年过去了，保尔长大了，开始独自在外读书。无奈保尔在外花天酒地，除了不断地向家里要钱外，他不再有别的消息。在一次次给保尔寄钱后，约娜的父亲最终也心力交瘁、猝然而亡。约娜孤苦无依，这时多亏萝莎丽又回到她身边，帮她料理日常生活中的一切事务。

保尔仍不断写信来要钱，约娜最后将白杨山庄也卖了。

在一个暴风雨的日子

[俄国] 伊萨克·列维坦（Isaac Levitan）绘

约娜到巴黎去找保尔，他却悄悄躲债去了，她只好又回到乡下。有一天，保尔突然来信央求母亲为其抚养孩子。于是，萝莎丽帮约娜去巴黎接回孩子。见到婴儿后，一股暖流涌上约娜的心头，她紧紧地抱着婴儿，不断地吻她，往事又一幕幕涌现在她眼前……人生就是这样，从来不像意想中的那么好，也不像意想中的那么坏。

小说中的于连出身于没落贵族家庭，其父母双亡，靠卖掉农庄还清了父辈的债务。他最初给人的印象是正派、节俭、可爱的。第一次见面，约娜就被他那俊朗的长相和风度翩翩的外表吸引。而婚后的于连却像是换了一个人，对待下人态度残忍粗暴、极度苛刻，接管了约娜父亲的全部家产后，其自私和贪婪的真面目顷刻间显现了出来。小说中这样写道：

自从蜜月旅行回来之后，他完全成了另外一个人。就像一个演员下了台，要恢复他真实的面目了。他很少关心到她，连说话也很少，任何爱情的影子都突然不见了，甚至夜里到她卧室去都已经成为稀有的事情了。全家的财产和房屋都归他接管，他忙着修订契约，刁难农民，紧缩开支，而且他先前漂亮的仪表也因为土财主的装束而不见了。他找出了一身先前穿过的带铜纽扣的绒料旧猎装，虽然满是污斑，穿上后却不再脱掉了。他也许认为没有讲究修饰的必要了，因此也不刮脸，胡子又长又乱，看上去简直太不成体统了。他那双手，也不再修饰了。

他接下来的所作所为，更是充分暴露出他人性中的阴暗面、自私、贪婪、残酷……他同约娜第一次见面，就诱惑并占有了使女萝莎丽。约娜一家的一再隐忍、退让并没有感化于连，他之后还勾搭上邻居福尔维勒伯爵夫人，最终在被发现后遭到伯爵的谋害。

小说中约娜的父亲——勒培奇·德沃男爵，他心地善良，崇尚自由。小说中这样写道：

> 男爵最大的优点和缺点都是善良。这种善良，不论为什么都是心有余而力不足的，一种造物主似的善良，几乎是一种毛病，来者不拒，仿佛出于意志的迟钝和魄力的不足。

男爵希望女儿成为一个善良正直、幸福而温柔多情的女性。他按照自己给女儿设计的方案，把她送到修道院寄宿，他希望在她十七岁把她接回来时，她仍然是童真无邪，然后他再给她讲述人世间的百态常情，启发她的灵性，揭示生命和谐的法则。

殊不知，德沃男爵对女儿的理想化培养，正是约娜婚姻悲剧的根源。他把女儿嫁给自私、虚伪又狡诈的于连，客观上讲，是他把约娜推进了火坑。在发现于连的种种恶劣行径后，他选择隐忍而息事宁人，更是直接导致事情发展到不可收拾的地步。男爵的妥协和纵容是让约娜陷入无尽悲痛的重要原因。最终，男爵因忙于处理孙子保尔的债务问题心力交瘁，中风而死。

小说中还有一个重要人物——萝莎丽，她是伤害了约娜的第三者。在东窗事发后，于连不仅没有出面保护她，还要把她逐出门外。善良的约娜及家人不顾于连的反对，妥善地安置了她，还帮她重新组建了家庭让她和儿子有了立足之地。在约娜处于即将破产的关键时刻，她挺身而出，前来照顾约娜；并主动帮助其打理剩余的家产，及时阻止约娜向儿子汇款；又协助约娜搬家，并帮助她接回孙女。

还有约娜的姨妈——丽松，在小说中是一个最不起眼、被众人忽视的可怜人。在她父亲去世后，德沃男爵夫人阿黛莱德原打算和她住在一块儿，但她认定自己会给别人添麻烦，就退隐到一个修道院里。小说中这样写道：

她是一个不怎么爱说话，也不爱露面的矮小女人，成天待在家里，仅有吃饭的时候才露个面。她看上去比实际年龄老，虽然她才四十二岁，很和蔼，目光总是带着忧郁的温柔，毫不受家人重视。小时候，由于既不美丽，也不顽皮，从来没有人吻过她或抱过她，她总是很安静，老实地一个人待在墙角。后来她就一直受冷落，关心她的人就一个也没有了。她就像一个影子，或是一件常见的物品，一件活动的用具，大家虽然天天都见到她，却无人去注意她的存在。

她原来的名字叫"丽斯"，因嫌这个名字太漂亮了，听上去不舒服而改名为"丽松"。正是这样一个无足轻重、可有可无的人，不仅是同辈，就是侄孙保尔也常常忽视她，但她却能够保持心态平和。

小说中另一个有争议的人物——托耳彪克神父，其形象也是生动而鲜明的。他接替了老神父比科的职位，但与老神父那种温文尔雅、善解人意，经常充当和事佬的为人处世方法截然不同，他性格刚烈、疾恶如仇。他到教区后，一方面以强硬的态度要求人们参加教堂的活动，另一方面绝不容忍男女之间的非正当行为。只要有这方面的传闻，他便亲自跟踪怒斥，甚至投掷石块予以破坏。

约娜在发现于连与福尔维勒伯爵夫人的奸情后，选择隐忍不发；托耳彪克神父知道后，力劝约娜当面揭穿他们。见约娜没有动静，他便亲自出马盯梢。他的那种对两性关系近乎变态的厌恶和仇视，甚至发泄到了动物身上。大家对托耳彪克神父的冷酷残暴行为感到非常气愤，遂以不参加教堂活动来抗议他，还写信向上面的教区告状要求撤换他。

《一生》是莫泊桑的第一部长篇小说，通过主人公约娜的爱情婚姻生活来探索和剖析人生。小说一气呵成、情节连贯，人物个性特征鲜明。主人公约娜美丽善良、单纯幼稚，对爱情充满幻想，其人生的悲剧性早已有端倪；她仓促结婚，对于连自私吝啬、贪婪残酷的本性，她选择容忍；而其父母为了贵族的颜面，亦选择隐忍退让。这些都导致了于连在接管家产后，原形毕露。在亲人相继离去后，约娜便把全部希望寄托在儿子保尔身上。然而，她的过分溺爱，直接导致了保尔的不学无术、好逸恶劳和挥霍无度，最终全部财产被其耗尽。总之，约娜的人生悲剧不仅与个人家庭有关，更有着深层次的社会原因。

莫泊桑《一生》

居伊·德·莫泊桑（1850—1893），出身于法国一个小贵族家庭。1870年，普法战争爆发，他参军上了前线，这段从军经历成为他日后创作的宝贵素材来源。从1872年开始，他先后在海军部和教育部任职。

后来，他又在福楼拜的指导下学习小说创作，并于1880年发表了《羊脂球》，一时声名鹊起。随后，他转为职业作家，总共创作了300余篇短篇小说和6部长篇小说以及一些其他作品。其短篇小说在法国乃至整个世界文坛上都极具代表性，他也因此被称为"短篇小说巨匠"。

不幸的是，在他创作精力最旺盛的时候，他的身体越来越差，先是患上眼疾，随后又出现精神问题。1893年，莫泊桑因病去世，年仅43岁。

长篇小说《一生》曾引起当时法国社会的反感，被视为淫邪之作。然而，这些都无损《一生》的光辉，作品问世的当年，托尔斯泰读到了它，当即赞赏不已。我们今天读莫泊桑的《一生》，可以通过小说中主人公平凡而辛酸的身世，来剖析和探索自己的人生。

（2020年12月9日于蓉城斋）

苦难与变迁

托马斯·曼《布登勃洛克一家》

托马斯·曼的长篇小说《布登勃洛克一家》，讲述在德国北部商业城市吕贝克的一个名门望族布登勃洛克家族四代人由兴盛到没落的故事，是德国19世纪后半期社会历史的缩影。鲜明的人物性格和对婚丧喜庆等日常生活细节的现实描绘，反映出在弱肉强食的资本主义社会中，旧式资产阶级贵族阶层的腐朽没落。尤其是自由资产阶级让位于垄断资产阶级的过程，反映出资本主义社会中随着人们传统价值观念淡化、生命意志和务实能力衰落，市民阶层在思想上、精神上日益趋向复杂、敏感的过程。

故事发生在19世纪30年代中期到40年代中期德国北部的商业城市吕贝克。这一家人的老一代——老约翰·布登勃洛克，靠从法国南部给普鲁士军队供应粮食而发家，到了他儿子这一代，更是遇上了创业的黄金时代。他们一家人从一个没落的贵族那里买来一座豪宅，亲友都前来庆祝他们乔迁新居，这也使得本城上流社会的人羡慕不已。

六年后，老约翰·布登勃洛克年迈多病，不能继续操持家业。他与前妻所生的大儿子高特霍尔德长大后又不听话，硬要与不是贵族的小店主的女儿结婚，他一怒之下便把公司连同一切资产与债务，交给他与后妻所生的小儿子约翰·布登勃洛克继承。

不久，法国爆发革命，国内社会动荡，家族生意惨淡，约翰·布登勃洛克找不到真正的原因，企图在宗教中寻求精神安慰。家族之间的内部矛盾和生意上的烦恼，更使得约翰心力交瘁，于1855年夏末溘然长逝。

约翰的长子——托马斯·布登勃洛克，于是成了公司的接班人。在商业方面，托马斯极有野心和天赋，在他的管理下，公司渐渐出现了转机。之后，托马斯与带来三十万马克陪嫁的盖尔达喜结良缘。

随着公司经营好转，托马斯与当地另一个富商——哈根·施特罗姆——在社会地位和经济实力方面展开了激烈的竞争。在议员竞选中，托马斯取得胜利并当上了议员。不久，他建造了一幢新的豪华住宅，又喜得贵子——汉诺。

但好景不长，由于经济不景气，生意屡屡受挫，托马斯不得已将祖父留下来的老宅卖给了对手哈根·施特罗姆。托马斯心力交瘁，神情恍惚，身体的病痛更是让他雪上加霜。有一天，他因牙痛独自一人去诊所拔牙，回家的途中便倒在了马路上再也没有起来。

托马斯的儿子汉诺本来应成为家族唯一的接班人，但他天生病弱、敏感胆怯，对经商一窍不通，而且没有丝毫兴趣，最终因伤寒去世了。后来，他的母亲也带着仅有的一点财产回到娘家生活了。从此，曾显赫一时的布登勃洛克家族烟消云散，只存在于人们的记忆中。

小说通过讲述布登勃洛克家族的兴衰史，展现了资本主义社会经济竞争的无序性，这也直接导致人们为了私利而不择手段、疯狂地互相倾轧。布登勃洛克家族与其对手，特别是与哈根·施特罗姆的竞争极为激烈，这样的竞争是家族走向消亡的重要原因。

但同时我们也可以看到，布登勃洛克家族自身也存在一些缺陷，这也是促使其衰亡的因素，如家族资产的结构和使用不合理、家族成员奢靡无度的消费观念以及贵族社会人际关系的复杂等。在这些因素中，任何的疏忽和微妙的变化，都会引起竞争双方实力的消长。

其中，商业与婚姻的联结也在一定程度上直接导致了家族最终的衰落。小说中，老约翰·布登勃洛克的大儿子就是因为不顾门当户对，硬要与小商贩家的姑娘结婚，才被取消家族财产的管理权。到托马斯这一代，其与带着三十万马克陪嫁的盖尔达家族联姻，使得布登勃洛克家族增长脸面的同时，也导致了财富过于集中而不利于激发竞争活力。

还有上流社会的奢靡之风，也是导致布登勃洛克家族财产流失、公司陷入困境的重要原因。小说中老约翰·布登勃洛克买下的豪宅，在当地就已经非常显赫了，但被选上议员后的托马斯却还要花巨资再建一处豪宅,加之接踵而来的婚丧嫁娶花费,势必使得家族公司的流动资金减少,直接导致了家族的衰落。

在众多的人物中,小说对家族的第一代——老约翰·布登勃洛克,只进行了简要的介绍,主要交代了家族当年发家的起源。对老约翰·布登勃洛克的性格,小说中这样写道:

他是一个非常开明的人,对那些在故乡城门外的事物,并不是一概加以非难的。可是撇开生意上的交往不谈,在社交应酬方面,他却比他的那位参议员儿子,更喜欢划上一条严格的界限,对于外乡人,他总是表示冷漠。

当家族第二代当家人——约翰·布登勃洛克出场时,他已经是儿孙满堂的老人,他对儿孙们的言谈举止要求很严,只要触犯了他的忌讳,他都会加以严厉地批评。

而家族第三代接班人——托马斯·布登勃洛克,他聪明睿智、稳重大方,在学生时代就显露出与其兄弟姐妹不同的识见和禀性。接过管理家族公司的重任后,他致力于开拓业务市场。为了家族的和谐,他让伯父继承了父亲的参议员位置,满足了高特霍尔德一家的荣誉感,平息了他们对家族财产管理权的不满情绪。在他的努力下,公司有了新起色。

然而,志得意满的托马斯,后来渐渐开始傲慢起来,整天忙于抛头露面的社会活动,而忽略了自己公司的经营。在生意场中出现几次大的失利后,家族公司很快便处于破产的边缘,连从父亲手里接过来的老宅都卖了。

布登勃洛克家族第四代——汉诺,被看好的接班人,从小就受到母亲的熏陶和影响，对钢琴艺术兴趣浓厚。由于父亲的坚决反对和严加斥责，生性敏感的他变得更加怯弱，以致对读书学习一点兴趣也没有。长期的不良情绪甚而影响到了他的身体健康，最终一场伤寒便夺走了他的生命。布登勃洛克家族百年盛衰史就此落下帷幕。

小说中的另一个重要人物——托马斯的妹妹安冬妮，从小就天真活泼、聪明伶俐。长大后，有一个叫格仑利希的年轻人来到她家里对其大献殷勤，并向她求婚。虽然安冬妮拒绝了他，可安冬妮的父亲约翰却认为格仑利希是个精明强干、有教养的人，当然最重要的是，约翰认为格仑利希有自己的家族产业，是属于和自己一个阶层的人，因此他劝说女儿答应格仑利希的求婚。

一个大家庭

［比利时］安东尼·范·戴克（Anthony van Dyck）绘

与此同时，安冬妮结识了莫尔顿，两人一见倾心，并经常相约海边漫步。格仑利希得知后，专程跑到莫尔顿家里大闹了一场，而安冬妮最终也难耐家人的极力劝说，终于答应了与格仑利希的婚事。

婚后不久，当地一名与格仑利希交往比较密切的银行家——凯塞梅耶——来到家里，与格仑利希商谈归还银行贷款的事。安冬妮偶然间听到了他们的谈话，发现原来格仑利希早已负债累累，他是为了获取经济上的支持，才到安冬妮家求婚的。知道上当受骗的约翰怒不可遏，当即决定把安冬妮和孙女带回家，并很快通过法律为两人办理了离婚手续，因而才避免了更大的损失。

回到家的安冬妮，担心自己失败的婚姻会成为上流社会茶余饭后谈论的话题，只得深居简出，但还是经常受到嘲笑和讥讽。哥哥托马斯更是认为，妹妹失败的婚姻影响了家族的声誉，并嘱咐妹妹少抛头露面。

几年后，有一名慕尼黑来的商人——佩尔曼内德——到家里向安冬妮求婚，虽然家里人有些看不上这名商人，但安冬妮的执着让家人同意了这桩婚事。然而，婚后的佩尔曼内德放弃了经商挣钱，认为把家里剩下的房间租出去，加上安冬妮的嫁妆的利息，就可以舒舒服服地过日子。为此，安冬妮与丈夫产生了矛盾，她对这桩婚姻感到极度失望，因而又回到了家人身边，并追回了自己的嫁妆。

经过两度挫败婚姻的安冬妮，不再畏惧周围人鄙夷的目光，而是集中精力抚养自己的孩子并勇敢地生活。

小说中托马斯的弟弟——克利斯蒂安，是一个与家族要求格格不入，有着自己独特个性的人物。他不仅没有遗传布登勃洛克家族善于经商的基因，还总是在各种场合不厌其烦地向别人述说自己的病痛。托马斯没有办法，想方设法安排他做点正经事，出钱让他自己开公司，可他的公司又屡屡亏损，最后只有顺其自然。

但克利斯蒂安凭借自己能编故事、能模仿别人等插诨打科的伎俩，在各种聚会场所都会受到欢迎。他不与哥哥托马斯争夺财产管理权，但托马斯对他很严厉，经常在公众场合让他下不来台。不甘寂寞的克利斯蒂安不停地折腾，最后进了精神病疗养院。他的妻子与医生勾结，让他在精神病院度过余生，而其妻子却靠着克利斯蒂安所继承的财产无忧无虑地生活。克利斯蒂安的不争气，也一定程度上给家族带来了损失。

小说有一个显著的特点，就是非常注重重大事件的环境气氛烘托。在描写老约翰·布登勃洛克去世时，小说中这样写道：

本来晴朗的天空，突然暗下来，空气很沉闷，外面最后一块蓝天被遮盖住了，灰色的天空沉重地、臃肿地低垂下来。屋内各种颜色都黯淡下去，壁毯上风景画的色彩，家具和帷幔上的金黄都黯然失色……这一切是瞬间来临的……一切都无声无息。令人可怖的寂静。沉闷的气氛在空气中弥漫着，大气压在一秒钟内仿佛突然增加了许多，人们头脑昏沉，心脏窒息，呼吸不能顺畅……屋外的燕子飞得很低，羽翼几乎触到了路面……而这种无可逃避的压力,这种紧张,这种全身都感受到的与时俱增的压力,也确实变得难以忍受了……几乎是与此同时,这大雨倾盆落了下来,没有先兆,一下子下了起来。沟道就顿时水流滚滚,变成一片汪洋。

小说中的几个重要人物在去世时,也都是以相类似的环境描写来烘托昏沉悲哀的气氛。

托马斯·曼(1875—1955),是德国最重要的批判现实主义作家之一,也是1929年诺贝尔文学奖获得者。

他出身于一个富商家庭。在家庭中,他常年受到文学艺术的熏陶,19岁时便发表了中篇小说《堕落》。1895年,他到慕尼黑高等学校学习,之后专门从事写作与编辑工作。长篇小说《布登勃洛克一家》是他的成名作。此外,他还创作了十几部中长篇小说,主要有《魔山》《绿蒂在魏玛》《浮士德博士》等。

我们今天读《布登勃洛克一家》,可以通过布登勃洛克家族的百年盛衰史,了解西方资本主义的发展历程和资本主义生产关系下的社会悲剧。另外,我们也要借鉴布登勃洛克家族的教训,树立正确的人生观,在处理人生大事时要谨慎,避免陷入社会复杂的泥沼之中。

(2021年元月5日于蓉城斋)

约翰·高尔斯华绥《福尔赛世家》

约翰·高尔斯华绥的小说《福尔赛世家》，通过讲述福尔赛家族四代人错综复杂的关系以及家庭婚姻、财产继承等一系列纠葛，带领我们体会广阔的资本主义社会。作品深刻地揭露了资本主义社会中金钱的魔幻作用：它泯灭人性，把人变成狡诈的伪君子和欲望的奴隶。对财产贪得无厌的追求和强烈的占有欲，是福尔赛家族最主要的特征，在他们心目中，追求和占有的对象不仅仅是金钱、房产、股票、公债等，还包括人。

在老乔里恩家里举行的茶会上，福尔赛家族的重要人物陆续登场，参加为老乔里恩的孙女琼·福尔赛和菲力普·波辛尼先生所举行的订婚仪式。这场茶会的主要人物有老乔里恩和他的四个兄弟：詹姆士、斯悦辛、尼古拉和罗杰。他们有很多共同点，比如都是金钱的奴隶、资本的忠实守护者，但在性格脾气和待人处事上又各有不同。

琼·福尔赛的未婚夫菲力普·波辛尼是一名建筑师,与琼并不门当户对。尽管这些人都在内心对这桩婚事充满担心和疑虑,但老乔里恩请客,他们还是得赶来参加。

在福尔赛家族中,婚姻必须是能够为家族增强财力的强强联合。琼的父亲小乔里恩曾违背这一规则,跟一名外国女子私奔了,因而老乔里恩与之断绝了父子关系。也因为这个原因,心有愧疚的老乔里恩才把琼当作掌上明珠对待,并按照琼的意思为她举办这场盛大的订婚茶会。

然而,正如福尔赛家族所担心的那样,这是一个不吉利的订婚会。菲力普·波辛尼进入福尔赛家族的生活圈子后不久,便引起了一场轩然大波:他与福尔赛家族詹姆士的儿媳伊琳相爱了。

一个西方的大家族

[英国] 威廉·荷加斯(William Hogarth)绘

为了让妻子伊琳开心的同时又阻止她与别人有过多接触，詹姆士的儿子索米斯决定盖一幢别墅，而承担这项任务的建筑师恰恰是琼的未婚夫——波辛尼。在别墅的选址和建筑过程中，波辛尼表现得非常热情和主动，伊琳也渐渐被他吸引，二人于是很快亲近起来。

不久后，这件事便人尽皆知。苛刻的索米斯为了报复波辛尼，以建筑成本超过当初预算为由将波辛尼告上法院，要求法院判决波辛尼赔偿超出的预算。波辛尼在败诉不久后，被一辆车给撞死了。

波辛尼去世后，索米斯将别墅卖给了老乔里恩。老乔里恩在与儿子小乔里恩恢复关系后，便带着一家人住进去了。一天，老乔里恩在园中散步时碰到了伊琳，在交谈中他得知伊琳早已离开了索米斯，靠教音乐为生。

在后来的相处中，老乔里恩对伊琳产生了一种异样的感觉，他同情她孤身一人的境遇并渴望能常常见到她。因此，他后来在遗嘱中赠给伊琳一笔钱，没多久便去世了。

老乔里恩去世后，他的儿子小乔里恩去寻找伊琳，向她告知父亲关于赠予她钱财的遗嘱。小乔里恩在与伊琳的交往中，慢慢地也对她产生了感情。不久，小乔里恩和伊琳便在一起并生了一个男孩取名为"乔恩"。

伊琳出走后，索米斯一直未能与她办理离婚手续，伊琳也不愿意回到他身边。索米斯最大的心病，就是没有子女，将来财产无法继承下去。索米斯后来与安耐特结婚，两人生下一个女儿并取名为"芙蕾"。

十几年的光阴转瞬即逝，乔恩和芙蕾都长大了，人们也逐渐忘记了福尔赛家族之前所发生的那些是非恩怨。但乔恩和芙蕾竟然相爱了，这使索米斯、小乔里恩和伊琳都感到非常不安。

　　后来，小乔里恩与伊琳商量，决定把两家人过去所发生的事情告诉乔恩，于是便写了一封信交给儿子。不久，小乔里恩便去世了。乔恩决定中止与芙蕾的感情。

　　而这时，经不住女儿再三请求的索米斯决定亲自前往别墅说合二人的婚姻。沉浸在悲痛中的伊琳不愿多与索米斯交谈，而乔恩也决定遵从父亲的遗愿，拒绝与芙蕾在一起。芙蕾感到绝望，后来答应了孟特的求婚，并很快举行了婚礼。

　　在福尔赛家族第四代人——芙蕾的婚礼之后，与老乔里恩同辈的悌摩西去世了，这也宣告了一个时代的结束。之后，伊琳跟随儿子乔恩一起生活。

　　小说在展现资本主义生产方式的腐朽和没落时，没有直接写资本家剥削压榨工人，而是通过家族的婚姻和社会的交往，从另一个侧面表现出他们对金钱的贪婪和对人的疯狂奴役。

　　福尔赛家族为了保证长期对金钱和物质的占有，规定上一代所留下的遗产不能赠送给血缘关系以外的人。所以，老乔里恩把部分遗产赠送给伊琳后，在家族内部引起一场轩然大波。而悌摩西去世后把部分遗产赠送给老管家格拉德曼时，已经预示着这个家族的衰亡和没落。

　　贯穿整部小说的主角——索米斯，是一个严格遵守福尔赛家族原则、精明能干且处事谨慎的人。他占有了大量的财富，与伊琳的婚姻貌合神离。波辛尼的出现，诱发了他们婚姻的危机，二人最终以离婚收场。

小说的结尾，索米斯看到家族的衰落时，一种说不出的凄凉涌上心头，索米斯的这种没落感，也正是资本主义腐朽没落的征兆。

小说中的伊琳是一个青春靓丽、不为金钱所动的人，她渴望挣脱与索米斯没有爱情的婚姻，因而与波辛尼相恋。然而，索米斯的失态和疯狂，使她和波辛尼的感情悲痛而终。离开索米斯的她，并没有走上放纵自己的道路，而是靠自己勤劳的双手，过着清贫的生活，并坚持参与慈善事业。

小说中的小乔里恩一开始就是福尔赛家族的叛逆者。他自幼喜欢绘画艺术，为了爱情不惜与家庭反目，甚至失去福尔赛家族财产继承人的资格，甘愿过着清贫的生活，后来还是父亲老乔里恩看在孙女琼的份上才改动了遗嘱。

父亲去世后，他作为遗嘱的执行人，与伊琳有了接触，本来就痛恨家族传统的小乔里恩，很快便与反对财富占有和无爱婚姻的伊琳有了共同语言，二人最终结合在一起。

可是已经受过家族干预婚姻的小乔里恩，却让自己的儿子也重蹈覆辙。为遵从父亲的遗愿，乔恩最终离开心爱的芙蕾远走他乡。

小说中的老乔里恩作为第二代福尔赛家族的族长，他遵守祖制，在族人中很有威望。在索米斯为报复波辛尼而向他索赔钱财时，他曾善意地劝说索米斯放弃索赔，妥善处理纠纷以免给家族名誉带来损失。

小说主题鲜明、叙事流畅，故事情节连贯，景物描写和人物心理描写生动细致，采用多种艺术表现手法塑造了许多经典人物形象。

约翰·高尔斯华绥（1867—1933），是英国杰出的批判现实主义作家，1867年出生于伦敦，父亲是一名律师。高尔斯华绥毕业于牛津大学法律专业，但毕业后却专心从事文学创作。

其早期曾以"约翰·辛约翰"的笔名发表了几部小说，在当时并未引起多大的反响。1904年，他发表的《岛国的法利赛人》，对资本主义社会的虚伪、欺诈和腐朽的本质作了深刻的抨击。

在高尔斯华绥众多的作品中，篇幅最长、最为世人瞩目的是三部曲《福尔赛世家》，包括《有产业的人》《骑虎》《出租》。《有产业的人》是三部曲中最好的一部。

我们今天读《福尔赛世家》这部小说，能够更加深刻地认识资本主义社会的本质特征和人性的虚伪与狡诈。

（2021年6月7日于蓉城斋）

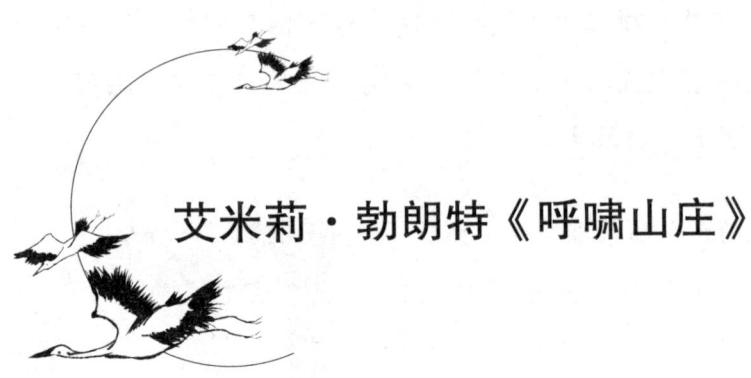

艾米莉·勃朗特《呼啸山庄》

艾米莉·勃朗特的小说《呼啸山庄》,通过描写英格兰一个农庄家庭的复杂关系和矛盾纠葛,反映出19世纪资本主义生产关系下,人们的爱情婚姻和家庭观念的扭曲和嬗变。小说中的爱情故事自始至终贯穿着强烈的反压迫、争自由、争幸福的斗争,和当时现实社会、近在咫尺的工业区的阶级斗争相呼应。作者以浪漫主义和抒情的笔调描写了自然环境和主人公的感情生活。作品是小说,也像是一首完美动人的叙事诗。

小说从第一个叙述者——洛克乌德先生——所看到的一系列稀奇古怪的事情开始,把读者带入一个诡异曲折的爱情故事中。在乡间租房期间,洛克乌德先生去拜访附近呼啸山庄的主人,山庄的主人希思克利夫和仆人对他的冷淡态度和奇怪举止,让洛克乌德产生了强烈的好奇心,于是第二天下午,他又前去拜访,但费了很久的工夫才敲开门。

进入山庄后,仆人以山庄的主人在羊圈里忙为由,把他冷落在客厅里烤火,而在另一旁的希思克利夫太太却一声不吭。在这种沉闷的气氛中,洛克乌德等了好一会儿总算等回了主人希思克利夫,然而,希思克利夫一见面竟责备他不该在这种风雪天前来拜访。而且他们一家人还当着洛克乌德的面,毫不掩饰地互相争吵了起来。

在这令人窒息的氛围中,洛克乌德吃过晚饭准备回家,这时他才发现外面弥漫着暴风雪,已经看不清回家的道路了,于是他只有在希思克利夫家住一晚上。可主人希思克利夫根本没有留他住下的意思,而且言语之间还让他想办法自己回去。经过一番争执,希思克利夫才同意他留下来过夜。

一个暴风雪天气

[法国] 克洛德·莫奈(Claude Monet)绘

他被带到楼上一个看起来很久没有人住的房间，窗台的油漆面上刻画着乱七八糟的字迹，都是"凯瑟琳·恩肖""凯瑟琳·希思克利夫""凯瑟琳·林顿"等。房间里有一本旧册子，上面尽是密密麻麻的批语，字迹古怪、难以辨认，洛克乌德费了很大力气才辨认出部分文字。他后来发现，这是凯瑟琳的日记。

回到画眉田庄后，洛克乌德向曾经在呼啸山庄当过多年女管家的奈莉·迪恩打听呼啸山庄，后来才断断续续得知在呼啸山庄发生过一段凄婉离奇的爱情故事。原来，呼啸山庄的老主人恩肖夫妇有两个孩子，男孩叫欣德利，女孩叫凯瑟琳，这对夫妇后来又收养了一名弃儿，并为他取名为"希思克利夫"。

欣德利把希思克利夫当成侵占自己家庭的人，在背地里经常欺负他，而希思克利夫却总是逆来顺受，默默地忍受着一切。老恩肖知道后感到非常愤怒，严厉斥责了欣德利。欣德利因此把父亲当成一个压迫者，从内心更恨希思克利夫了。任性顽皮的凯瑟琳在欣德利的影响下，有时也与希思克利夫作对。

老恩肖死后，在外求学的欣德利回来奔丧，还带回了自己的妻子。作为呼啸山庄新主人的欣德利，把希思克利夫撵去与仆人住在一起，并剥夺了他在牧师那里受教育的机会。慢慢地，欣德利在家里越来越专横暴虐。希思克利夫刚开始还能忍受自己被贬低的遭遇，因为还有凯瑟琳关心他，并且常常把从牧师那里学的东西教给他，陪他在地里干活或玩耍。但作为一家之主的欣德利，后来对此也是横加干涉，就连仆人约瑟夫也开始瞧不起希思克利夫，经常对他拳脚相加。

不久，欣德利的妻子在生下一名男孩（取名为"哈顿"）后因肺病撒手人寰了，过分悲痛的欣德利变得消沉起来，绝望地过起浪荡的生活。仆人们因受不了欣德利的暴虐，后来大多都走了，只剩下仆人约瑟夫和女管家奈莉。

因为有凯瑟琳的关心，希思克利夫因而能暂时忍受欣德利的欺辱，他刻骨铭心地爱着凯瑟琳。然而，欣德利是绝对不可能让他与凯瑟琳结婚的。

后来，凯瑟琳与画眉田庄的埃德加·林顿恋爱并结了婚。而一心爱着凯瑟琳的希思克利夫，三天两头往画眉田庄跑，固执地想要见自己的心上人，凯瑟琳不忍拒绝，便私下里见了他几次。后来，林顿对此也有了警觉，但出于对妻子的爱，他并没有责备凯瑟琳。

在一个雷雨之夜，希思克利夫突然失踪了，凯瑟琳心里非常内疚和失落，正如小说中所描绘的那样：

> 所有的林顿都可以从这个世界上消失，我决不能够答应放弃希思克利夫。

然而，希思克利夫在消失了一段时间后，居然又出现在了画眉田庄。在这期间，林顿的妹妹伊莎贝拉爱上了他，尽管希思克利夫并不爱伊莎贝拉，但在多次纠缠凯瑟琳未果后，为了报复林顿，他拐跑了伊莎贝拉。一段时间后，伊莎贝拉给哥哥林顿寄回一封信，信中宣布她已经与希思克利夫结婚了,并对哥哥表示歉意。

此后不久,凯瑟琳怀孕了,但希思克利夫仍不断纠缠,备受精神折磨的凯瑟琳在生下一个瘦弱的女婴"凯茜"后便去世了。而婚后的伊莎贝拉,逐渐认清了希思克利夫的本来面目,在写给管家奈莉的信中,她表示后悔不已。她后来离开希思克利夫到南方居住并生下了一个男孩,也取名"林顿"。

多年后,伊莎贝拉身患重病,临终前她把孩子托付给她哥哥林顿抚养。在这之前,希思克利夫也以体面的身份回到呼啸山庄,引诱欣德利抵押地产参与赌博,并最终骗光了欣德利的所有财产。晚景凄凉的欣德利在妹妹凯瑟琳去世不到半年后,也去世了。

希思克利夫在接管了呼啸山庄后,又逼迫自己的儿子林顿与凯瑟琳的女儿凯茜恋爱,并用阴谋诡计把凯茜骗到呼啸山庄,与儿子林顿关在一间屋子里。因为他知道林顿已经病入膏肓,林顿死后,他就可以名正言顺地霸占画眉田庄。希思克利夫后来如愿以偿成为两个庄园的主人,欣德利的儿子哈顿此时在呼啸山庄的地位也与其当初一样,形同奴仆。

这就又回到了小说的最开始,洛克乌德先生在拜访呼啸山庄时所看到的情景:希思克利夫家里只有一个脾气古怪的年轻女人和一个打扮得像奴仆、神情怪异的年轻人以及一个老仆人。

几年后,当洛克乌德再次来到呼啸山庄时,希思克利夫已经去世。奈莉告诉他，希思克利夫死前一段时间彻夜难眠，在房间和山庄周围走来走去、性情大变，仿佛成了另外一个人。临终前，希思克利夫找来律师格林，交代了后事，呼啸山庄、画眉田庄又回到哈顿和凯茜名下。

《呼啸山庄》这部小说，故事情节相对简单，人物也不多，但作者通过环境渲染和人物心理活动描写来表现各种错综复杂的矛盾，使故事情节迷离奇幻、一波三折。

小说的主人公——希思克利夫，原本是一个老实本分的人，但由于他是被捡来的，因此常常受到家庭其他成员的歧视。老主人恩肖在世时，把他当成自己的孩子宠爱，欣德利心理上受不了，经常为难他。老恩肖去世后，原本就对他歧视很深的欣德利成为一家之主，变本加厉地欺负他，把他降低为仆人，又千方百计阻止他与凯瑟琳恋爱。新仇旧恨扭曲了他的灵魂，使他走上一条疯狂的复仇之路。

希思克利夫变态的复仇方式，让其他无辜的人也遭受不幸，可以说，凯瑟琳、林顿、伊莎贝拉、欣德利、哈顿等人的悲剧都是由希思克利夫一手造成的。他对已为人妇的凯瑟琳穷追不舍，让自己所爱的人长期处于矛盾痛苦之中。他用坑蒙拐骗的手段，得到了呼啸山庄和画眉田庄的财产权。直到生命即将逝去之时，他才幡然悔悟。希思克利夫身上所表现出来的善与恶、美与丑的矛盾是现实中客观存在的，小说对人物形象的刻画是生动而复杂的。

艾米莉·勃朗特《呼啸山庄》

艾米莉·勃朗特（1818—1848），英国女作家，与《简·爱》的作者夏洛蒂·勃朗特和《艾格妮丝·格雷》的作者安妮·勃朗特是三姊妹。

1846 年，她们三人合作化名出了一本诗歌合集。1847 年，她们的三本小说出版。

艾米莉·勃朗特的《呼啸山庄》奠定了她在英国乃至世界文学史上的地位。1848 年，在弟弟勃兰威尔去世后，过于悲伤的艾米莉·勃朗特也离开了人世。

《呼啸山庄》在世界文学史上占有重要地位，关于它所表现的主题，一些评论家认为：两个恋人那种不为世俗所压服，忠贞不渝的爱情也正是对他们所处的那个旧时代的顽强反抗。尽管他们的反抗是消极无力的，但他们的爱情在作者的笔下却最终战胜了死亡，达到了升华。另外，这部小说还展现出资本主义生产关系下，人们价值观的嬗变和人性的异化以及家庭关系中的冲突和矛盾。

（2021 年元月 10 日于蓉城斋）

托马斯·哈代《德伯家的苔丝》

托马斯·哈代的小说《德伯家的苔丝》，通过讲述一个单纯朴素的农村姑娘——苔丝，在封建宗法制度下曲折悲惨的人生经历，再现了城市文明给乡土地区所带来的冲击，深刻揭露了资产阶级腐朽的伦理道德和旧宗教对人性的残酷绞杀。

故事的主人公——苔丝，出身于一个贫寒的乡村小贩家庭。她相貌出众、心灵手巧、纯朴善良，如果不是村里的牧师对其家庭进行考察，发现她为名门将种德伯氏的嫡派子孙且又将之告诉了她的父亲的话，苔丝的一生应该是平静而幸福的。

苔丝父亲在听到自己祖上是贵族的消息后，便开始考虑如何恢复贵族的声望，盘算着让苔丝去认亲，想依靠所谓"亲戚"的扶持来改变自家贫穷的生活状况。苔丝本来没有任何想要依靠谁的想法，可后来，由于自己驾着家里的大车送货去市场时，不幸与邮车相撞，导致拉车的老马死亡，全家因此而断了生计。苔丝拗不过父母的劝告，无奈之下便去认了"亲戚"。

苔丝于是到了所谓的"本家"。本家公子亚雷对她心怀不轨，一直对在家干活的苔丝纠缠不休，而苔丝不卑不亢的性格让他未能得逞。几个月后，在一次与邻村人的聚会上，苔丝与人发生口角，被酒后情绪激动的人群围攻；紧随其后的亚雷利用这个机会，骑马救走了苔丝，并故意走错路，在村外的树林里玷污了熟睡中的苔丝。

清醒过来的苔丝，愤然离开了亚雷，回到了自己的家。她忍受着左邻右舍的流言蜚语，靠自己的勤劳帮助父母艰难维持着生计。后来，被侮辱而不幸怀上的孩子出生后，她更是忍辱负重，一边干活，一边照顾孩子。

然而几个月后，孩子便夭折了，旧道德不允许苔丝把孩子埋在教堂的公墓里。牧师虽然同情苔丝，但也爱莫能助。苔丝只好把孩子埋葬在荒地边上。

之后苔丝到一个牧场当了挤奶工，勤劳的苔丝不仅得到了农场主的赏识，还结识了克莱并与之相爱。克莱出身于牧师家庭，从小受到良好的教育。长大后，克莱便到牧场体验生活，也当起了挤奶工，他渐渐爱上了美丽善良的苔丝，并主动向苔丝表达爱慕之情。然而，有过不幸经历的苔丝认为自己配不上克莱，于是拒绝了他的第一次求婚；但克莱的执着最终还是感动了苔丝。

就在两人准备举行结婚仪式的前夕，善良的苔丝给克莱写了一封信,想把自己不幸的经历告诉克莱,希望能得到他的谅解。可这封非常关键的信被塞进门缝后,却被里面的地毯盖住了,克莱因此没有看到这封信。新婚之夜,苔丝又原原本本地把自己的不幸说了一遍。克莱表现出不能接受这个事实的态度,他抛弃了苔丝独自一人去了巴西。

被抛弃的苔丝为了生活来到一个高原农场,找到了一份工作。一次,苔丝在当地听牧师布道时,惊愕地发现布道人竟然是亚雷。于是她慌忙离开,可亚雷也发现了她,之后便无休止地纠缠她。

亚雷一方面乞求苔丝的原谅,另一方面在得知苔丝的

在田间劳作的女人们

[法国] 乔治·修拉(Georges Seurat)绘

父母仍处于贫困生活之中后，亚雷又以金钱对她加以诱惑。苔丝为了避开亚雷，无奈去了更为边远偏僻的乡村，过着更加艰难的日子。亚雷对苔丝穷追不舍，心力交瘁的苔丝只得辞掉工作，返回自己家里。

然而，本来就贫困的家，又遇到母亲病危，好不容易把母亲从死亡线上拉回来，不想父亲又溘然离世。后来，因房子被收回，苔丝一家连遮风避雨的地方都没有了，于是他们只得搬往外地。可到了说好将要租房的地方，苔丝发现已被亚雷抢先租了下来。亚雷这是故意让他们走投无路，他趁机找到苔丝，以帮助苔丝安置家人为名，让苔丝继续与他保持同居关系。

在此之前，苔丝的丈夫克莱已经从巴西回国，在海外的艰辛经历使他后悔当初不该因为苔丝婚前的不幸而离开她。克莱一回到家就开始四处寻找苔丝，不久，他终于找到了苔丝的居住地。

然而，两人相见后，苔丝情绪失控，在克莱离开后竟疯狂地刺杀了亚雷，于是苔丝成为被警察追捕的逃犯。克莱带着苔丝逃亡外地，在德伯家族的故居附近，苔丝被警察抓获。不久后，苔丝被处以绞刑。

小说中的另一个主人公——克莱，出身于牧师家庭，他的两个哥哥都遵照父亲的愿望上了大学并立志做牧师。而从小就受到宠爱的克莱在父亲准备送他去上大学的关键时刻，却向父亲明确表达自己的想法：今后要做一些务实的事情，绝不想像父亲所希望的那样，去做一个牧师。他的父亲便放弃了送克莱上大学的计划。而思想前卫、性格倔强的克莱也执意离开父母到农村牧场打工，积累农牧业生产经验，朝着自己的理想前进。在奶牛场，克莱认识了苔丝，并拒绝了父亲老朋友的女儿——与自己门当户对的梅绥·翔特小姐。

克莱执着地追求苔丝，并如愿以偿和苔丝结了婚。在新婚之夜，他向苔丝讲述了自己曾在伦敦与一个女人鬼混的经历，并恳求苔丝原谅。被感动的苔丝，在表示原谅克莱的同时，也讲述了自己曾经被亚雷哄骗的遭遇。殊不知，这对恋人相互间的坦诚，却酿成了爱情的悲剧。克莱尽管

农场挤牛奶的女人

[格鲁吉亚] 尼科·皮罗斯马尼（Niko Pirosmani）绘

博学多才、思想开明，但在旧的礼教和习俗方面却固守成见，他无法接受苔丝的遭遇。思想极度矛盾和痛苦的他，最后选择离开了苔丝，远走巴西。

克莱在巴西的那段时间里，苔丝饱受磨难。克莱回国后，几经周折才找到苔丝，寻找的过程又耽误了时间，这也间接导致了苔丝在绝望的境况下，为了自己的家人而被迫与亚雷同居。在这种情况下，如果克莱能够鼓起勇气，在与苔丝见面的时候不顾一切地接走她，也许就不会有那么悲惨的结局。

从人物的性格来讲，克莱的性格是极其矛盾的。当初，他不顾门户差异，勇敢地选择与苔丝结合，是那样的果断。可在得知苔丝婚前曾被人欺辱的遭遇后，又选择与之分开；在迈过了心理障碍决定回来找寻苔丝时，又显得优柔寡断。

小说对苔丝和克莱双方父母的描写也比较生动而具体。苔丝的父亲是一名乡村小贩，他向往贵族生活，当得知自己是德伯家族的后裔后，竟然着魔似的癫狂起来，在生活中他处处模仿贵族的一举一动，还想通过攀亲来改善自己的贫困境况。但他也有通情达理的一面，当苔丝不愿意去邻村攀亲时，他并没有强迫女儿，而是遗憾地将此事搁置起来。若不是因自己生病而让苔丝和小女儿连夜赶车去市场送货，途中发生车祸导致家里仅有的一匹老马死亡，苔丝为了弥补自己的过失迁就父母的愿望去攀亲，也许就没有后来的悲剧了。

而苔丝的母亲则是一个精于算计的人。她一开始就极力规劝女儿去攀亲，之后又想靠女儿的婚姻来改变家庭的穷困境况。

她明知女儿与亚雷在一起根本不会幸福，还是极力促成女儿与他同居。正是由于她迟迟不愿意把女儿的地址告诉克莱，才耽误了许多时日，对之后悲剧的酿成起了一定催化作用。

克莱的父亲是一名正直善良、虔诚布道的牧师。他对教会有着虔诚的信仰，不能容忍自己的儿子上大学后与自己的信仰相违背，也并不赞同儿子自主选择的婚姻，但却没有公然反对。当克莱从巴西回来寻找苔丝时，他也没有阻止，这表明他还是比较开明的。

小说中，苔丝在奶牛场打工时要好的几个姐妹——莱蒂、玛琳、伊茨，也是善良而又热心的。她们三个不约而同地爱上了克莱，互相之间还有着隐秘的嫉妒心。可当她们知道克莱真正爱的是苔丝时，除了心里感到有些许酸楚外，都一致祝福苔丝和克莱的爱情。克莱和苔丝举办婚礼那天，她们在把新郎、新娘送出奶牛场后都一反常态：伤心的莱蒂竟选择跳河，幸亏被船夫发现后救起；玛琳从此染上酗酒的恶习；伊茨也表现出失魂落魄的样子。

当克莱离开苔丝碰到伊茨时，伊茨还是从内心肯定苔丝对克莱的爱，让克莱深受感动而放弃了带伊茨出国的想法。后来苔丝走投无路，来到了玛琳做工的农场工作，她们又写信把伊茨叫过来一起工作，互相照应。而在苔丝的父亲病逝，一家人流离失所，亚雷纠缠苔丝的关键时刻，又是玛琳和伊茨给克莱写信，促使他抓紧时间寻找苔丝。这些生活在社会底层的姑娘们的真善美行为和她们在患难中结成的真诚友谊弥足珍贵，令人感动不已。

小说悲剧的酿成，与人物当时所处的环境及其性格有关，但认真分析起来,悲剧产生的根源,是当时社会的黑暗和不公平。旧的道德习俗和人性的虚伪不仅毁灭了一对年轻人美好的爱情,也把风流成性的纨绔子弟带入了他自己挖掘的坟墓中。

小说语言优美、情节连贯,其中对英国乡村景物的刻画生动而细致,对人物的心理活动分析也精妙得当。

托马斯·哈代(1840—1928),英国诗人、小说家,出生于英国多塞特郡,做过建筑师助手,于19世纪60年代开始进行文学创作。

哈代是横跨两个世纪的作家,他早期和中期的创作以小说为主,继承和发扬了维多利亚时期的文学传统。

哈代一生共发表了近20部长篇小说,代表作有《德伯家的苔丝》《无名的裘德》《还乡》和《卡斯特桥市长》等。其晚年的主要作品有三卷诗剧《列王》。1910年,哈代获得英国文学成就奖。

我们今天读《德伯家的苔丝》这部小说,除了学习作者细腻的刻画手法和表达方式外,还可以了解19世纪初英国社会的现状。

(2021年3月18日于蓉城斋)

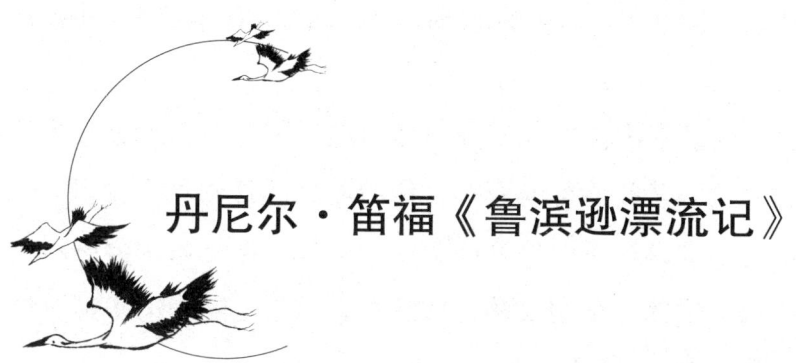

丹尼尔·笛福《鲁滨逊漂流记》

丹尼尔·笛福的小说《鲁滨逊漂流记》，讲述了一个不甘平庸的青年——鲁滨逊，其外出闯荡、多次遇险，并一个人在荒岛生存近30年的故事。小说告诉我们：面对人生无常以及人生道路上可能会遭遇到的各种不幸，不到最后一刻，我们都不能轻言放弃。也就是说，人在走到绝境时，是有可能出现转机、有希望化解灾难的，所有的经历往往能收获别样的人生体验。

小说的主人公——鲁滨逊，从小脑子里就充满了遨游四海的念头，父亲曾让他学法律，可他一心只对航海感兴趣，对父亲的意志听之任之。为了打消他不切实际的念头，父亲语重心长地为他分析了海外冒险闯荡的危险和种种不确定性，可过了一段时间，鲁滨逊还是私自"出逃"了。

1651年9月，鲁滨逊乘坐同伴父亲的船去伦敦，途中遭遇风暴，几度处于险境，此时，恐惧的鲁滨逊略微心生悔意。但风暴一过，他的恐惧也随之烟消云散，他又继续开始冒险前行。而与此同时，当初邀约他一同闯荡的同伴则因受到惊吓，不再与他一道冒险。

流浪在伦敦的鲁滨逊偶然间结识了一位曾到过几内亚的船主，其邀请鲁滨逊乘坐他的船到海外去见识见识。也正是这次航行，让鲁滨逊赚了一笔钱，他把大部分的钱都存在了伦敦一个朋友的遗孀那里，仅带上其中的小部分继续踏上出海的航程。

然而，这一次，他遇上了土耳其海盗船，一场血腥的厮杀后，他不幸成了土耳其海盗的战利品——被留作海盗船长家里的奴隶。鲁滨逊凭借自己的聪明，很快就获得了海盗船长的信任。两年后，鲁滨逊获得独自带人去海里捕鱼的机会，他抓住这次难得的机会驾着一艘小船逃了出去，还顺便带走了一个名叫"苏里"的小孩。

小船在海上经历了风浪和缺水等诸多困境，后来在当地土著人的帮助下，他们获得了水和食物。与此同时，鲁滨逊用火枪帮助土著人打死了两只猛兽——美洲狮和美洲豹。

不久，他们又获得了一艘路过的商船的救援。善良的商船主把他们带到巴西，此间不仅不要他们的船费，还买下了鲁滨逊的狮皮和豹皮，并把鲁滨逊介绍给当地的种植园主。

慢慢安定下来的鲁滨逊，后来请商船主想办法带信给了远在伦敦的那位帮他保管钱的朋友的遗孀。在得知鲁滨逊的遭遇后，伦敦朋友的遗孀不仅如数奉还鲁滨逊存在她那里的钱,还从自己的积蓄里取出一些,送给救了鲁滨逊的商船主。再后来,鲁滨逊用这笔钱在当地办起了种植园。

然而几年后,已经比较富有的鲁滨逊,又开始变得不安分起来,他开始做起了贩卖黑奴的生意。而这一次的决定,几乎使他陷入万劫不复的深渊。鲁滨逊一行十余人,乘着一艘装满货物的船出发,在赤道附近他们遇上风暴,船只被损坏并开始漏水,船长建议回到巴西海岸。可鲁滨逊却极力主张到巴巴多斯群岛,在那里休整后,再继续前往非洲。然而,不久后,船再次遇上风暴并被刮到航线之外,船上的人只得乘一艘小艇往岸边逃生。后来,巨浪卷翻了小艇,除鲁滨逊以外的其他人全部葬身大海。

死里逃生的鲁滨逊踏上岛屿后,发现那是一座人迹罕至的荒岛。劫后余生的他,还未从先前的恐惧中清醒过来,就面临着如何生存的困境。退潮以后,他先从搁浅的大船上搜寻到一些食物,暂时解决了饥饿问题;接下来,又费了许多天的时间,把大船上能够使用的生活用品等东西都搬运到岸上储存起来;最后,他开始搭建自己的住处。这期间,他只能靠船上所剩不多的一点食物填饱肚子,但他很快又学会了捉海鳖和猎取岛上的野山羊,这样极大地缓解了食物短缺的问题。

偶然的一次,鲁滨逊发现当初布袋里撒落的谷物居然长成了禾苗,于是他把它们全部留着当种子,几年后,他种的谷物渐渐能够满足自身生存的需要,而且开始有了存粮。他又用挖陷阱等方法捕捉到几只野山羊,并将它们进行驯养和繁殖,数年后他就有了自己的羊群。此外,他还学会了烧制陶罐等器具用于煮食物和盛水,学会了用树枝编制筐来装东西,学会了用猎获的兽皮缝制衣服,掌握了制作面包和烹调食物的技术……这样几年后,衣食无忧的鲁滨逊,又开始思念起自己的家乡来。

于是,他砍伐岛上的树,开始做木船。第一艘做得太大,凭一人之力根本无法将其拖到海边。于是他又做了一艘小

鲁滨逊在海边

[美国]纳维尔·康维斯·韦思(Newell Convers Wyeth)绘

一点的，然而船在下水后，能绕岛环行但无法驶回先前的港湾。他只得从岛上的陆地回到自己居住的这一边。

有一天，鲁滨逊在岛的另一边发现有小船靠近岸边。原来那是野人将俘虏带来岛上，将要举行吃人仪式。这一发现，又让他陷入极度的恐惧之中，于是他花了许多功夫加固自己的城堡。

日子一天天过去，不知不觉间，鲁滨逊已经在荒岛上生活了二十多年了。一天夜里，他忽然听见从海上传来一声枪响，料想是某只船遇难了；便立即用干柴燃起火堆，想让船上的人发现自己，可到天亮都没有什么动静。他用望远镜发现了一艘离岸边很远的大船，于是划着自己做的小木船过去。发现了一些遇难者的尸体后，心情格外沉重的鲁滨逊又把船上剩下的一些物品搬回住处。在这之后，他更加想离开这个荒岛。

两年后，野人又到鲁滨逊住处附近的岸上举行仪式。早已有所准备的鲁滨逊救下了一个年轻的土著人，并给他取名"星期五"，鲁滨逊慢慢教会他吃熟食和讲英语。通过交谈，鲁滨逊知道原来"星期五"是在部族间交战后被俘，是被野人带来岛上准备吃掉的。

获救后的"星期五"对鲁滨逊感激不尽，成为他最忠实的奴仆。"星期五"在短时间内学会了使用武器打猎、农作物耕作等，而且还可以用英语同主人交流。鲁滨逊从他口中进一步了解到一艘遭遇海难的大船上，有十七个白人乘小艇到了他们的部族。这个消息使鲁滨逊很兴奋，他猜到可能是之前看到的那艘船。一段时间后，又有野人登陆小岛并带来了俘虏，鲁滨逊和"星期五"救出了一个西班牙人和"星期五"的父亲。

不久，有一船人乘小艇押着一个白人来到岛上，并准备将其丢弃。鲁滨逊趁其中一些人到岛上观察时救下那个白人，并了解到原来商船上的歹徒煽动船员劫持了船长。鲁滨逊和"星期五"帮助船长降服了那帮叛乱的船员并夺回了商船。后来，鲁滨逊带着"星期五"等人，乘商船回到了英国。

此时，鲁滨逊在岛上已经整整生活了二十八年，回到伦敦，父母早已故去，家乡人已经完全不认识他了，只找到两个妹妹和两个侄儿。因为鲁滨逊出门时间太长，大家都以为他死了，没有留任何财产给他。这时，那位被鲁滨逊从海岛救出来的船主，把他的事迹告诉了周围的朋友，并送他两百英镑作为酬谢。考虑到现有的钱实在难以在国内安身立命，鲁滨逊便准备到巴西，看能否找回当年留在那里的种植园。

鲁滨逊带着"星期五"先到了里斯本，找到了当年把他从海上救起来的那位船长。老船长告诉他，财政检察官已经把他的财产按当地的规定做了处理，但如果他回去，或其继承人找上门，都会发还属于他的那一部分财产。

之后，鲁滨逊定居下来，七年时间里，他尽心培养两个侄儿，自己还结了婚，和妻子生下了两个儿子和一个女儿。

1694年，鲁滨逊再次搭别人的商船出海，前往东印度群岛。在这次航行中,他去探访了自己曾经生活了二十余年的岛屿,而这时的岛上,已经是人丁兴旺。

书中的主人公鲁滨逊外出闯荡,多次遇险都能脱离险境,除客观原因外,与他不甘平庸、敢于闯荡拼搏的个性也是分不开的。小说中写道:

在人类的感情里,经常存在着一种隐秘的原动力,它一旦为某种看得见的目标所吸引,或者为某种虽然看不见、却想象得出来的目标所吸引,就会以一种勇往直前的力量推动着我们的灵魂扑向那个目标。如果达不到目标,就会痛苦不堪。

正因为有这种"原动力",在第一次航海时,尽管当初约好一起闯荡的伙伴中途退出,鲁滨逊却能调整好心态,继续出海并有所收获。当再次出海,为海盗所俘后,鲁滨逊又凭着机智获救。在与人合伙创办种植园走向成功的时候,他又放弃舒适的环境再次出海。陷入绝境的他,不但没有自暴自弃,反而凭着求生的本能和个人智慧,让自己逐步脱离了险境。

生存的压力以及对随时可能出现的种种危机的预见,也是鲁滨逊绝处逢生的原因。例如,他利用极少的大麦、稻谷等种子种植粮食并且驯养野山羊,以此解决缺少食物的问题。还通过反复实验烧制土陶用品,用岛上的树木建造船只,等等,让自己的生活更舒适方便且井然有序。如果他当时没有危机感,仅仅满足于现状,或者说稍微有所懈怠,那结局一定不是后面所写到的那样。而鲁滨逊在外漂泊几十年回家后,还依然能够拥有一份让他衣食无忧的产业,这也是跟他的个人智慧分不开的。

　　小说除了鲁滨逊这个主要人物外,还塑造了搭救鲁滨逊的老船长、伦敦朋友的遗孀、土著人"星期五"等人物形象,他们的善良、诚信、忠实都在小说中被生动地展现了出来。另外,小说中对于历史文化、地理环境的描写,也是非常细致到位的,让读者有一种身临其境的感觉。

　　丹尼尔·笛福(1660—1731)出身于英国伦敦的一个小商人家庭。笛福做过各种生意,他在经营商业的同时,还从事政治活动。

　　59岁时,笛福受到当时在社会上轰动一时的事件启发,开始创作《鲁滨逊漂流记》这部不朽的著作。之后,他还写了许多小说,如《辛格顿船长》《摩尔·弗兰德斯》《大疫年日记》等。此外,他也写过一些政治、经济类著作,如《不列颠周游记》《商人手册》《英国商业计划》等。1731年,笛福逝世于伦敦居所。

　　我们今天读这部小说,可以学到许多地理和历史方面的知识,还可以从鲁滨逊的冒险经历中受到一些启发,学会在遭遇人生困境时,不怨天尤人,不自暴自弃,而是坦然面对现实,脚踏实地去克服困难。

(2021年2月2日于蓉城斋)

福楼拜《包法利夫人》

福楼拜的小说《包法利夫人》，讲述的故事是：一个从小在修道院长大、对爱情充满幻想的乡村姑娘爱玛，在婚后嫌弃憨厚老实的丈夫没有浪漫的生活情趣，便从思想抛锚到行为出轨，最终导致家毁人亡。小说揭露了没落的资产阶级颓废的精神状态和荒淫丑陋的人性弱点。小说用主人公的堕落和毁灭，给世人以震撼人心的告诫和警示，告诉我们伦理道德在家庭婚姻生活中的重要性。

被父亲寄养在乡下的查理·包法利，十五岁到卢昂中学读书。上学的第一天，他就受到同学们的嘲笑和歧视，但性情温和的他毫不理会，一直刻苦努力地学习。第三学年末，父亲又让他退学学医，他深信凭自己的努力，就能获取学位。然而，复杂的医学课程使他头昏脑涨，因而一开始没有能通过从业考试。后来，是母亲的宽容感动了他，让他更加刻苦努力地学习，最终以相当高的分数通过了考试。

后来，在母亲的帮助下，包法利开始挂牌行医，与此同时，母亲又给他找了一个四十五岁的寡妇杜比克夫人做妻子。包法利以为结了婚，环境有了改善，他就可以自由了。可杜比克夫人性格怪异，嫉妒心特别强，随时都在监督着自己年轻的丈夫，有事无事地折腾他。

后来因为一个偶然的事件，杜比克夫人的财产保管人卷款潜逃，气得她不久便撒手人寰。这段婚姻维持了一年左右，年轻的包法利在安葬了妻子后，陷入了痛苦的境地，因为无论如何，他也曾真心地爱过她。

这时候，他曾出诊医治过的一个病人卢欧老爹来送诊费，得知情况后便竭力安慰他，邀请他去自己的田庄散心。在此期间，卢欧老爹美丽聪慧的女儿爱玛姑娘爱上了他。经过卢欧老爹亲自说合，两人很快就举行了婚礼，爱玛姑娘成了医生包法利的夫人。

爱玛从小在修道院接受贵族教育，富于幻想。婚后不久，爱玛便发现丈夫包法利平庸冷淡、毫无雄心，因而感到大失所望。她反复问自己：我的上帝，我为什么结婚？

一天，包法利夫妇应邀前往一位侯爵的庄园赴宴。宴会后，爱玛和一名年轻的子爵通宵达旦地跳舞。从此，子爵成了爱玛精神上的恋人。爱玛身居偏僻小镇，却一心向往巴黎的都市生活，平日里无所事事、耽于幻想，甚至得了忧郁病，包法利为了让夫人换换环境，于是搬到了永镇挂牌行医。

后来，爱玛在永镇与律师事务所的练习生赖昂情趣相投，两人都浪漫而富有诗意，不久就产生了一种暧昧关系。

不久,赖昂为了自身的前途生计,独自去了巴黎。

离永镇不远住着一名叫"罗道耳弗"的独身地主。一天,他在包法利的诊所见到了爱玛,便找机会接近她。不久,罗道耳弗约爱玛到镇外的山岗遛马散心。在密林深处,爱玛终于投入了他的怀抱。从此以后,他们书信不断,频频幽会。

然而,喜新厌旧的罗道耳弗渐渐对爱玛失去了兴趣,而爱玛却一往情深,还悄悄地赊账置办旅行的用品,预备同罗道耳弗一块儿私奔,但最后罗道耳弗竟然不辞而别。

与爱人的约会

绘者不详

爱玛从此一病不起。包法利想尽办法，帮助她恢复健康。爱玛病愈后，包法利陪她到卢昂城里去看戏，不料又遇见了赖昂。曾经混迹于巴黎的赖昂已然今非昔比，他直截了当地向爱玛提出重修旧好的要求，爱玛妥协了。

此后，爱玛便以学琴为名，每星期进城一次与赖昂幽会。爱玛沉湎于快乐的同时，也陷入了借贷的罗网。她一味地奢靡消费，把向高利贷者勒乐借来的钱大把大把地花费在赖昂身上。

勒乐获悉了她借钱的秘密，于是前来索债。爱玛瞒着包法利抵押了一处房产。勒乐把爱玛所签押的一张支票转给了另一个债主，逼迫爱玛在短时间内偿还债务，否则她的全部家产将由法庭裁定变卖。爱玛于是设法瞒住包法利进城去向银行借款，但没有一家银行愿意借款。爱玛见在城里没有指望，便奔回永镇。

她来到平时对自己颇有好感的泰奥多尔家里，向他借钱。泰奥多尔先是找各种理由搪塞，后来突然抓住她的手欲行不轨之事，气愤至极的爱玛挣脱着逃了出来。无奈之中，她又去向曾经抛弃她的罗道耳弗求助。罗道耳弗向爱玛表示永远爱她，爱玛以为求助有望，便向他提出借三千法郎的请求，罗道耳弗一听借钱，便以没有钱为由断然拒绝。

爱玛从罗道耳弗的庄园出来，万念俱灰，她偷偷进入药剂师郝麦的药房，抓起一个装满砒霜的瓶子，往口中倒下去。回到家里她写了一封遗书，表示"什么人也不要怪罪"，然后痛苦地躺在床上，等候死神的来临。

包法利和药剂师郝麦想尽办法抢救，但中毒太深的爱玛终于还是咽了气。出殡那天，罗道耳弗打了一天的猎，晚上睡得很安适。包法利无限伤心，他在清理夫人遗物时，发现了罗道耳弗写给爱玛的一封情书，但他对此并不气愤，以仅仅是精神爱恋来为他们的行为解释。

不久后的一天，小女儿白尔特，见父亲一个人呆呆地坐在后园的石凳子上，她走到跟前轻轻一推，他便倒下了。原来包法利已经无声无息地死去了。

小说的主要人物——爱玛，出身于乡下的一个富裕家庭，她从小在修道院里长大，在圣洁严肃的环境里，她学到了文化知识，但沉湎于浪漫主义的爱情幻想中。所以，与医生包法利结婚不久，爱玛很快就对婚后平淡的家庭生活感到厌倦。

她怨恨丈夫"似乎没有觉察到她内心的痛苦，使她幸福的信念受到一种天理的侮辱"，于是她对赖昂这种近乎暧昧的接近，从不拒绝。而对惯于讨好和追求女人的单身地主罗道耳弗，爱玛更是直接从思想出轨堕落到行动出轨，而没有丝毫的羞愧。

最终，面对法庭的追债，爱玛绝望地走上了服毒自杀之路。她从爱慕虚荣到荒淫出轨，不仅使自己走上不归之路，而且害了一直默默爱着她的丈夫和可怜的女儿。爱玛为虚荣奢靡和淫乐放荡的行为付出了惨痛的代价。

小说中的另一个主要人物——查理·包法利，从小就是一个听话懂事，能够处处忍让的孩子。长大后，他从事自己的医生职业也是小心翼翼、踏踏实实。他满足于平静的生活，没有远大理想和奋斗目标。母亲给他安排的第一桩婚事，女方是个比他大二十多岁的寡妇，他虽然心里有些不情愿，但还是顺从了母亲的心愿。

杜比克夫人病逝后，他娶到青春靓丽的爱玛，并把爱玛放在心尖加以宠爱。他对爱玛的任性和挑剔从来不计较，对爱玛所表现出来的精神焦虑，他也从医生的角度极尽所能地加以疏导，并为爱玛而到自己不熟悉的永镇去重新建立诊所。只要是能够让爱玛高兴的事，他从不反对，即使是赖昂对妻子过分献殷勤的举动，他也听之任之。

罗道耳弗让爱玛与他骑马去林间幽会，他从有利于妻子恢复健康的角度考虑，丝毫没有防备之心。妻子撒谎说到城里学钢琴而借机与赖昂幽会，他也积极支持。妻子瞒着他把所有的家产都抵押出去，使他完全破产，他还是原谅了她，并竭尽全力地抢救她。

爱玛死后，他从她的遗物中发现了她与罗道耳弗相互来往的情书，还在心里为她辩解，推测他们是精神爱恋。无耻而恶毒的罗道耳弗在他面前说到此事，他还喃喃地说"错的是命"，其实他内心极为痛苦，所以爱玛死后不久他也撒手人寰。

虽然这一切，是因为他的善良本分和对妻子的爱，但他的过分软弱却导致了妻子的虚荣心膨胀，最终毁灭了自己，也毁灭了整个家庭。所以，查理·包法利这个人物在小说中是卑微的，也是令人惋惜的。

小说中，直接造成包法利夫人毁灭的奸商勒乐是最令人憎恶的人物。他阴险狡诈，唯利是图，见爱玛爱慕虚荣，便投其所好，不断地向她推荐店里的商品。后因一个偶然的机会，撞破爱玛与赖昂的奸情，他于是利用其心虚和恐惧，变本加厉地诱导爱玛用借贷的方式奢侈消费。他还私下对爱玛家里的所有资产进行调查了解，榨干她最后一滴油水后，便把账单转给其他高利贷者，让他们来向爱玛追索欠款。可以说，勒乐是造成爱玛自杀和包法利医生破产的罪魁祸首。

小说中的赖昂，开始时还是涉世不深的小青年，他对包法利夫人的爱还仅仅停留在柏拉图式的精神爱恋上，没有越轨的举动。可他去巴黎混了几年后回到卢昂，便很快与爱玛勾搭成奸。后来在母亲的坚决反对和上司的严厉教育警告下，才断绝了与爱玛的关系。如果说当爱玛身陷困境来找他帮助时，他拒绝帮忙尚情有可原的话，在爱玛死后，他自己结婚时还给查理送去请柬，就显得有点不近情理和无耻了。

至于那个爱情骗子罗道耳弗，根本就是一个只图自己享乐的无耻之徒。他引诱爱玛越轨，然后又无情地抛弃她。当爱玛处于绝望的境地来向他求救时，他断然拒绝。爱玛下葬那天晚上，他还睡了一个最舒服的觉，人之无耻、无情莫过于此。

小说中的药剂师郝麦是个非常世故和圆滑的人物。他由于没有药剂师从业执照而经受过追究，他利用关系摆平此事后，对任何人都小心翼翼，尤其是对同行查理·包法利医生更是谨慎有加。包法利医生夫妇到永镇后，郝麦一直与他们相处得很好，爱玛自杀、包法利医生去世后，他都热心地帮助他们张罗后事。

居斯塔夫·福楼拜（1821—1880），法国19世纪现实主义文学大师，出身于卢昂城一个世代行医的家庭，父亲是卢昂市立医院的院长兼外科主任，他的童年是在医院中度过的。

他青年时就读于巴黎法学院，后因病辍学，专事写作。1845年，父亲去世后，他迁居到卢昂近郊的克罗瓦塞别墅，靠丰裕的遗产生活，并潜心于文学创作。他的成名作和代表作《包法利夫人》取材于一个真实故事，把一个十分普通的桃色事件写成了揭露法国资本主义社会弊端的作品。

福楼拜以极大的同情心塑造了"爱玛"这个人物，认为她是一个"瞎子"，"一个属于虚伪的诗与虚伪的情感的女人"。他追求人物塑造的真实性和客观性，非常真实地刻画了人物的心理状态和他们所扮演的角色。

我们今天读这部小说，可以从中受到一些启迪和教育。在追求完美、实现自我价值的时候，要尽力避免陷入欲望的陷阱中。

（2021年2月9日于蓉城斋）

盖尔哈特·霍普特曼《织工们》

盖尔哈特·霍普特曼的戏剧《织工们》，取材于1844年德国西里西亚纺织工人起义事件，讲述了深受剥削压迫、挣扎在死亡线上的纺织工人与资本家英勇斗争的故事，反映出工人阶级与资本家不可调和的矛盾。剧中的场景刻画和人物对话安排得尤其生动感人，纺织工人的斗争实践，显示了无产阶级的革命力量，表明了哪里有剥削压迫、哪里就有反抗斗争的无产阶级革命真理，激励着世界上被压迫、被剥削的无产阶级为自由解放而努力奋斗。

戏剧中的第一幕。场景描述中，有这样一段：

这是接近五月末的一天，天气闷热。时钟敲响十二下。等候验布的织工们，半数的人像站在法庭上，非常焦急地等待着对于他们是生死攸关的判决。他们又着急又胆小，好似接受施舍的人，因为受了人家不少侮辱，觉得自己只是勉强得到人家的宽容，而形成了一种自卑的习性。此外，每个人的脸上都显示出左思右想、毫无办法的模样。男织工们，模样上都有一种共同之处：长得很矮小，而且带点教书先生的神情。他们多数人是胸部干瘪，喘着气，面黄肌瘦——都是困守织布机上的可怜虫，由于坐得太久了，连腿儿都弯了。相比之下，女工们没有什么织工的特征。她们都显得筋疲力尽，愁容满面。

这一幕剧的出场人物中，比较典型的有织工的妻子。她用颤抖的手，拿着刚领到的一元六角二分工资，向管账人纽曼恳求预支一点钱，因为她家里实在过不下去了。然而，傲慢的管账人纽曼不屑一顾地数落了她几句，让她自己去找老板。当织工妻子问起找老板的事，经理普菲尔又带着讥讽和斥责的语气大声说：

德雷西格先生要是什么鸡毛蒜皮的事情都得亲自料理，他老人家可够忙了。那这儿就用不着我们啦！

接下来，普菲尔对陆续前来交布的织工颐指气使、苛刻尤甚，对他们交来的布吹毛求疵，并故意降低等级以少支付工资。大多数织工敢怒而不敢言，只好乞求普菲尔不要少付工钱；也有南曼等织工据理力争；织工贝克更是义愤填膺地谴责老板丧尽天良、克扣工钱的做法。

这时，有一个前来帮家里人交布的八岁左右的小孩子昏倒在地，老板德雷西格一边假惺惺地让医生为其诊治，一边满嘴仁义道德地谴责其家里人不关心孩子，让他背着沉重的两匹棉布走了二十多里路来交货。周围的织工一针

见血地指出,孩子是因为饥饿而昏倒的,而不是得了什么病。孩子的邻居包麦特老头说:

他爹整天织布,晚上四处去奏乐挣钱,家里有九个孩子要养活,第十个也快要出生了。

老板德雷西格见大家不认可自己的说法,便说了一番话为自己辩解:

现在生意极不好做,你们也是知道的,我每天都赔本,赚不到钱。尽管如此,我还是照顾我的织工们,让他们有活做,希望他们有一点感恩之心。我的存货有几千匹布,还不知道能不能销售出去呢……我听说附近一带有许多织工失业……我不能救济所有的人,因为我还不是那么富有,但是我可以

一个正在织布的工人

[荷兰]文森特·梵高(Vincent van Gogh)绘

创造机会让失业的人多少挣到一点钱。这样的生意，我得担很大的风险，不过那是我自己的事情。我宁可让人做活来挣一口面包吃，我也不能让人被活活饿死，我说得对吗？

刚说完先前那一番冠冕堂皇的话，接下来德雷西格又告诉大家，他准备增加两百名织工，这立即在织工中引起了极大的恐慌，因为他们知道老板又要借此降低工资。果不其然，普菲尔通知大家，以后织一匹布的工资只有一块钱了。

戏剧的第二幕。在织工安索吉家里展开：

这个房间，从破烂的地板到被烟子熏黑了的房椽之间不到六尺高，里面坐着四个人。两个年轻姑娘——艾玛和贝塔，坐在机上织着布。包麦特老太婆，坐在床边的小凳子上，面前放着一架纺车。她智力有问题的儿子奥古斯特坐在一张脚凳上，也在纺纱。奥古斯特有二十岁，身子和头很小，却有像蜘蛛脚那么长的长腿和长臂……

阳光也照亮着一部分右墙，显出火炉、炉凳、床架和一张五颜六色的圣像画来。火炉的围栏上挂着正在被烘烤的破衣服，火炉背后有一堆没有用的破烂东西。炉凳上放着旧钵子和烹调用具，有一些马铃薯皮用纸垫着在炉凳子上烘烤着。一束束的纱和一只只的纱框都吊在椽子上，成篮的纱管放在织布机旁边。后墙上有一扇没有门闩的矮小的门，门旁边有一筐柳条靠着墙，过去就是几只破损的篮子。

房间里发出一片声音——织布机发出的、有节奏的、震动着地板的"砰砰"声，梭子穿过来穿过去、"咔嗒咔嗒"

地响着,纺车连续不断地发出"呼呼"声。

在这简陋不堪的家里,杰格登场了。他带来外面的消息,织工们向他诉说生活之苦。包麦特大妈带着哭泣的声音说:

我自己什么都不能做,这比害病要糟糕得多,成了大伙儿的包袱……我有好丈夫和好孩子,可是我只能坐在这里看着他们呀……看看我的两个姑娘吧!她们的脸色像白床单一样,差不多没有一点儿血了。无论挣钱多少,都得坐在这些织布机上,她们过的是什么日子呀?尽管这样,也凑不起钱来买一件能见人的衣服。她们去不了教堂,听不到一句安慰的话。与其说她们是十五岁和二十岁的姑娘,还不如说她们是田里的稻草人。

屋子的人吃着杰格带来的烤肉,伤心地想起了四个星期前闯进家里来的那只饥饿的小狗。大家因为一年多没有吃到肉了,只好请不熟悉的人帮忙把狗勒死吃掉了。安索吉也向杰格诉苦:

我们在这儿活得真惨,活不活,死不死的。一个人拼命地干活,还是落得两手空空——头上没有遮风挡雨的房子,脚下没有地方立足……我每天起早贪黑,到我躺到床上睡觉时,才挣到六分钱。

在听了大家的诉苦和发泄后,杰格告诉大家:"只要我们团结起来,就可以好好地教训那些布场老板们……到时候用不着国王和政府的帮助,咱们只需要说:

我们要这样那样,我们不要别的。他们一瞧咱们有胆量,就会屈服了。我知道这些坏家伙，他们是一群胆小的老鼠。

接下来，杰格又给大家念了《血腥的裁判》的歌词：

这血腥的裁判正在进行，恐怖已超过私刑，最后的裁决还没开始，这些可怜人的命即将结束。人们在这里慢慢被折磨，这是拷打的苦刑屋。

大家都把它叫做"德雷西格之歌"，歌中表露出痛苦、绝望、怨恨、愤怒和渴望复仇的情绪。血泪的控诉，像战斗檄文，发出了被剥削压迫的人们的怒吼。

戏剧的第三幕。讲述的是彼特斯瓦都的酒店老板威赛尔和木匠韦冈德，以及旅行兜销商等人对形势的议论和对德雷西格眼前处境的预测。街上，一些织工唱着那首《血腥的裁判》，还有一些织工对老板的残酷剥削进行着控诉，这都预示着一场反剥削、反压迫的斗争就要到来。

杰格对因愤怒而激动的织工们说：

喂，威提格，现在时间也许就要到了。平时你们老是唠唠叨叨地大谈法国革命和你自己所做的事情。再过不久，谁都有机会表现自己是一个牛皮大王，还是一个真正的男子汉。

这时警察库切走进酒店，与讽刺挖苦他的织工威提格等人发生口角，他愤愤地说：

警察局长禁止唱那首歌——"德雷西格之歌"。假如你们不立刻停止在大街上嚷叫着唱那些歌儿，他就会送你们到监牢里去，给你们许多时间，让你们唱。你们在那牢里喝冷水，啃硬面包，唱到你们心满意足为止。

警察的警告激怒了织工们，他们怒骂着，更加起劲地唱着那首歌，自觉排成队伍，准备游行示威。

戏剧的第四幕。听到街上的歌声，老板德雷西格在家里慌乱起来，正要派人去请警察前来保护自己，警察局长便来到家里，并派人把领头闹事的杰格等人抓来。

杰格怒斥抓他的五个染匠：

你们这些走狗！——还自称是工人呢！——冒充是同志呢！我宁可叫我的手从膀子上烂下来，也决不做抓自己同志的事！

德雷西格和警察局长等人呵斥杰格，并让牧师齐特豪斯去劝阻街上涌来的人群。愤怒的织工们已经来到了门口，开始砸外面的门窗，德雷西格等人狼狈逃走。

戏剧第五幕。织工们的游行示威发展到起义暴动阶段。邻村的老织工希尔塞家正在议论着彼特斯瓦都织工闹事的新闻：彼特斯瓦都的织工们自己站起来报仇雪恨，把纺织老板德雷西格全家人都撵走了。可一直主张逆来顺受的希尔塞老头，却极力阻止家里人参加起义暴动。

他把审判和改变旧世界的希望寄托在上帝身上，他对高特里柏说：

我这四十多年为什么坐在这儿像奴隶似的踩着踏板呢？眼睁睁看着人家过着骄傲和奢侈的生活，而且他们赚的钱都是从我们这些饥饿、穷困的织工手中掠夺过去的。我做这一切是为了什么？是因为我怀着一个更好的希望，这希望鼓励我忍受着一切苦难。我相信你们会得到应得的，让我粉身碎骨也心甘情愿。咱们有上帝的诺言不是吗?最后的审判就要来临,不过做审判的不是我们——不是的:报仇是我的事情,上帝如此说。

当窗外的织工参加斗争的呼声越来越强烈,警察和军队已经开枪对付起义者时,门廊里的人提醒到:

他们又在上子弹,他们又要开枪啦,快离开窗子啊,希尔塞伯伯。

然而,希尔塞老头还是倔强地说:

决不,哪怕你们全发疯了,我也不!天父已经把我安排在这儿,不是吗,孩子他妈?咱们就要坐在这儿,恪守咱们的本分。

说完,他又开始织布。这时一排枪声响起,希尔塞老头受到致命的重伤,扑倒在织布机上。血淋淋的现实告诉人们,在残酷的阶级斗争中,没有人可以因善良和本分置身事外、安然无恙。

全剧出场的人物有四十多个,却没有一个处于核心地位,个人的作用在剧中不是太明显和太重要,因为这部戏剧所要表现的是无产阶级觉醒和团结起来的群体力量。剧中示威、起义的发动者和领头人杰格、威提格,以及织工包麦特老头、包麦特大妈等人还是给读者留下了非常深刻的印象。另外,剧中屈指可数的反面人物,如织布场老板德雷西格、狗腿子普菲尔、纽曼、警察局长和警察库切等,他们之间的对话也让其丑恶面目淋漓尽致地展现在读者面前。

盖尔哈特·霍普特曼（1862—1946），德国剧作家、诗人。他出生在德国西里西亚一个叫"萨尔茨布隆"的地方，父亲是旅店店主，他有两个哥哥和一个姐姐。

霍普特曼早年就对文学和造型艺术很有兴趣，他是以一个雕塑家开始自己的创作活动的。他一生创作了40余部剧本，此外，还写了不少小说、诗歌。

《织工们》写于1892年。在这个剧本里，霍普特曼突破了家庭冲突的范围，反映出当时不可调和的阶级矛盾。该剧上演后，引起轰动，被誉为"德国戏剧发展史上的一个里程碑"，盖尔哈特·霍普特曼也由于"在戏剧艺术领域富有成果的、多样而杰出的创作"而荣获1912年的诺贝尔文学奖。瑞典文学院的授奖词是这样评价他的："您已经达到了艺术的最高境界，您靠的是自己艰苦不懈的努力而从不搞学究式的研究，您靠的是您的感情、思想和行为的一致性，以及您创作的严密形式。"

我们今天学习这部100多年前的戏剧，可以深入地了解马克思主义产生的历史背景和无产阶级革命运动的历史意义，进而坚定信仰、不忘初心，沿着中国特色社会主义道路坚定不移地走下去，把我们的祖国建设得更加繁荣昌盛。

（2021年2月20日于蓉城斋）

彷徨与觉醒

歌德《少年维特的烦恼》

歌德的小说《少年维特的烦恼》通过一个涉世未深的青年维特的爱情悲剧，揭示出维特爱情悲剧产生的深层原因。反映18世纪德国反对封建专制、贵族制度和教会专横，提倡"个性解放""感情自由"的时代潮流，歌颂了青年人炽热而忠贞不渝的爱情。

《少年维特的烦恼》以第一人称的书信体形式，让主人公——维特——面对面地向读者叙述自己的故事。维特出身于一个富裕的市民家庭，受过良好的教育，且能诗善画、热爱自然。

初春的一天，他来到一个偏僻的山村，为的是能摆脱心中的烦恼。他热爱山村的生活情调，享受着大自然的美景。在后来的一次舞会上，维特喜欢上了当地一位法官的女儿——绿蒂。尽管知道绿蒂已经订了婚，但维特还是想方设法与她交往，极力追求欢乐与幸福。

绿蒂的未婚夫阿尔伯特旅行回来以后,维特立刻感到自己的生活被蒙上了一层阴影,甜蜜顿时变成了痛苦。阿尔伯特见多识广、才华横溢、精明能干,而且很富有理智。对于维特追求绿蒂的行为,他显得特别冷静,跟维特以朋友相处并以礼相待。绿蒂也因此而更加忠于自己的未婚夫,不再与维特多来往。

维特深感无奈,为了摆脱这段感情给他造成的痛苦与烦恼,维特下决心离开绿蒂,在离山村很远的一个公使馆当起了秘书。他尽可能让自己适应这份工作,然而上司对他的工作吹毛求疵,处处刁难他,在同事中他也寻觅不到志同道合者,这一切使他产生许多烦恼。

一个风景宜人的村庄

[法国]阿尔芒德·基约曼(Armand Guillaumin)绘

之后，一个偶然的机会他结识了 C 伯爵和封·B 小姐，他们给维特带来些许慰藉。就在这时，维特得知绿蒂与阿尔伯特已经完婚的消息，但他在绝望中仍然思念着绿蒂。

维特到 C 伯爵府上参加聚会，其自尊心在那里深受打击，他因此决心离开那里并应一位侯爵之邀，去到了他的农庄。然而，维特一直思念着绿蒂，于是他又回到原来的山村，但一切已物是人非。

工作的不顺、感情的挫败，让维特痛苦和烦恼到了极点。圣诞节的前一天，维特找到绿蒂，想做最后的告别。当维特向阿尔伯特借手枪时，绿蒂的内心是担忧甚至是恐惧的，但她没有阻止，而是把手枪递给了维特。

两天后，维特留下遗书，用绿蒂丈夫的手枪结束了自己的生命。对于维特之死，绿蒂是预感到了的，但未及时阻止，这一切都为小说增添了更多的悲情成分。

维特的悲剧既是社会的悲剧，也是他自己性格的悲剧。他对绿蒂穷追不舍的爱情，对他个人而言，也许是一种炽烈的真情实感的表露，而从社会规则来讲，就是一种离经叛道的行为，这两者之间的矛盾是很难调和的。

事实上，古往今来，人类社会生活中每个人的习性、兴趣、爱好与所处环境的社会规则都不总是一致的，因此个人与社会之间产生利益冲突和矛盾是必然的，也是复杂的，有时甚至是根本不可化解的。而矛盾和冲突正是文学作品中刻画人物、表现主题的重要手段，这也是《少年维特的烦恼》成为经典，引起后世关注的原因。著名剧作家、文艺评论家莱辛就曾指出：

这部小说必须要有个简短而冷静的结尾……换一个有类似天性的青年，也许不至出此下策。

俄国文艺评论家车尔尼雪夫斯基也认为：

把主人公病态的幼稚理想化，对青年人会产生有害的影响。

小说中，对乡村风光的描写，细致而充满层次感；而以信件和日记的形式讲述丰富的个人情感，炽烈而细腻，感人至深；人物之间的对话也是简洁明快的。这部作品小中见大，把个人的爱情悲剧，融进反封建贵族专制、反旧教会专横的时代潮流中，凸显出深刻的社会意义。

乡村风光

[俄罗斯]埃菲姆·沃尔科夫（Efim Volkov）绘

歌德《少年维特的烦恼》

约翰·沃尔夫冈·冯·歌德（1749—1832），德国伟大的作家和思想家，出身于法兰克福一个富裕的市民家庭。歌德在幼年受到良好家庭教育的同时，也产生了对封建等级制度和腐败贵族社会的厌恶情绪。

歌德先后在莱比锡和斯特拉斯堡大学攻读法律，兼学科学与艺术，获得了博士学位。青年时期的歌德是"狂飙突进运动"的骑手。曾应邀担任魏玛公国的枢密顾问，他想借此机会一显才华，实现自己的政治抱负，结果处处碰壁。此后，他潜心于文学创作，最终成为德国历史上的一代文豪。

歌德的代表作有《少年维特的烦恼》《葛兹·冯·伯里欣根》《哀格蒙特》《浮士德》等。《少年维特的烦恼》出版后，就风靡欧洲各国，掀起了一阵阵"维特热"。歌德意在批判德国的封建社会对青年一代思想的压抑与摧残，赞扬德国当时觉醒了的青年一代不愿与市侩同流合污的精神品质。

我们通过阅读《少年维特的烦恼》这部小说，可以了解欧洲文艺复兴时期的文艺思潮和社会状况，学习借鉴歌德把诗歌般的语言融入小说中的写作技巧和表现手法。

（2021年2月25日于蓉城斋）

卢梭《爱弥儿》

卢梭的《爱弥儿》是一部讨论教育问题的著作,集思想性、哲理性和知识性于一体。在这部作品中,作者通过综合分析所处时代的婴幼儿及青少年的大量教育事例,并结合社会生活的各个方面,全面阐述了其教育思想并得出结论:教育只有顺应自然,才能使少年儿童成长为有道德、有思想和具备适应社会能力的人。作者在书中还进一步提出观点:人的私欲是一切罪恶产生的根源,人类社会的主权者与政府及行政官之间的契约,决定了执政者必须要维护大多数人的利益。

卢梭从教育的目的出发,对教育的正确方法以及教育与社会的关系进行了分析论证。他提出,教育的目的是让受教育者成为一个真正意义上的人,而不是一个在教育习俗和偏见控制下的傀儡。作品中写道:

在自然秩序中，所有的人都是平等的，他们的共同职业是培养大丈夫气概，以便使一个有良好教养的人，在以上职业和同它相关的事业上不致摔跤。我的学生将成为军人、牧师或者律师，对我来说都无所谓。在他们的父母为他选择职业之前，大自然已经使他成为一个人了。生活就是我要教他的技能。

卢梭从人的天性分析了人在后期接受教育的必要性，他认为在人的天性中，有两个截然相反的本质。其中一个本质使人去追求永恒的真理，去信奉正义与美德；而另一个本质则让人停滞不前，受自己的感官、欲念所奴役。

对婴幼儿的早期教育，卢梭认为，要根据其成长的客观需求来进行，包括身体的需求和人格的需求两方面，而人格的培养需求最为重要。如果一味地满足孩子的需求，孩子就会养成胁迫大人的习惯，为将来进入社会埋下隐患。所以他提出：

不要依从你的孩子要求什么就给什么，而是只给他所需要的。他必须永远不会由于服从而行动，而是根据需要去行动。

卢梭进一步认为：

我们每个人都是通过自然的教育、人的教育、事物的教育这三种教育成长起来的。在这三种有差异的教育中，自然的教育根本无法由我们决定。事物的教育只是在有些方面，才能够由我们决定。我们能真正加以控制的，只有人的教育。可是，我们的控制还只是假定的，因为，对一个孩子周围所有的人的言语和行为，谁能够全部都顾得到呢？

所以，我们要把这三种教育融为一体，但这不是每个人都能够随意决定的，只能是最大限度地接近目标而已。

在对少年儿童的教育上，卢梭认为：

凡是只想他自己所能做的事和只做他愿意做的事的人，才是真正自由的人，这是我的基本原理。把它用于儿童，从中就可以得出所有的教育法则。

因此，我们决不能用成年人的思维去束缚和替代他们做决定，而是要根据少年儿童自身发展的生理和心理特点，因势利导。

卢梭进一步认为，在对少年儿童的教育中，关键是要培养他们观察事物的能力和兴趣。对此，卢梭论述道：

教你的学生去观察大自然的种种现象，不久以后就可使他变得非常好奇；假如你想培养他的好奇心，切不可过急地去满足他，你提出一些他能理解的问题，让他自己去解答。

要做到：他所知道的东西，不是由于你告诉才知道，而是由于他自己的探索才知道。不要教他这样那样的学问，要由他自己去发现那些学问。一旦你用权威来代替理性，他就会停止理性的运用，他将成为别人思想的玩物。

在讲到公众教育和家庭教育时，卢梭认为：

那些想在社会秩序中，将自然的感情保持在首位的人，是不明白他有哪些需要的。假如常常处在自相矛盾的环境，经常在他的意愿与责任之间逡巡犹豫，那么他就无法成为一个人，也无法成为一个公民，无论对他自己还是对别人都毫无益处……要有所造诣，变成独立自主、始终如一的人，就一定要言行一致，就一定要坚持其应该采纳的主张，并且贯彻执行这个主张。

就自然教育而言，卢梭主张：

假如一个人独一无二地光是为了他自己而去接受教育，那么对别人来说，他又有什么意义呢？倘若每一个人所抱的双重目的可以结合为一个单独的目的，那么，由于消除了人的矛盾，他就消除了他幸福生活中的一大难题。要判断一个人，就一定要看他成人后是如何的。一定要明白了他的倾向、研究了他的发展、注意了他所走的道路之后，才能做出判断。

在此，卢梭还提出了一个关于教育的重要准则：真正的教育不仅仅是口授，更在于身教。而当今社会在教育上，也提倡言传身教。

因为客观事物是复杂多变的，因此我们要克服教育的片面性。如果不结合教育所处的具体环境和学生的理解能力，而只是运用成人的思维去教育孩子，就会出现事倍功半的情况。卢梭认为：

你要永远记住这一条真理——无知从不损害任何人，唯有谬误才是极其有害的。我们不会因为无知而迷失方向，但是自信却会使我们迷路。

对于道德教育，卢梭认为只有一条适合孩子，即"绝不损害任何人"，与人为善的法则如果不从属于这一条，也是虚伪的、矛盾的和危险的。

卢梭还从人的自然属性和社会属性，分析论述了法制教育对人的重要性：

有两种隶属：物的隶属和人的隶属。前者是自然的事，后者是社会的事。物的隶属不会有道德的因素，不会损害自由，不会引起罪恶；而人的隶属则非常紊乱，从而引起各种罪恶，其后果是主奴双方都互相败坏了。假如有什么方法能够医治社会中的这个弊端的话，那就是要用法律来规范人，要用那高于所有个人意志行动的真正力量来武装民意。倘若国家的法律也像自然规律那样不轻易变动，不为任何人的力量所左右，则人的隶属又可以变成物的隶属。在国家中，就能够将所有自然状态和社会状态的好处统一起来，就能够将使人免于罪恶的自由和培养情操的道德互相结合。

对于遵守法律的问题，卢梭认为：

在所有的国家中，我们都要遵守法律，不要干涉法律规定的崇拜仪式。我们决不能教某个国家的公民不遵守它的法律。因为一方面我们不知道，引导他们抛弃自己的见解而接受别人的见解，是否对他们有好处；而另一方面我们又非常确切地知道，违反法律是一件坏事。

在对人适应社会能力的培育上,卢梭认为,经历挫折和痛苦非常重要。要让孩子到大自然中去学习,到社会实践中去学习,孩子只有经风雨、见世面,才能顺利成长。对此,卢梭论述道:

我不仅没有小心翼翼地防止爱弥儿受什么伤,而且倘若他一点伤也没有受过,没有尝一尝痛苦的滋味就长大的话,我反而会产生苦恼。忍受痛苦,是他应当学习的头一件事情,也是非常有作用的一课……有些人用各种各样的方式将孩子围起来,以免他受到什么伤害,以致他长大后,一有痛苦便无法应付,既无勇气,也无经验,只要刺痛一下就觉得要死了,发现自己流一滴血就昏倒过去。

教育是一生的必修课
[法国]让-奥诺雷·弗拉戈纳尔(Jean-Honore Fragonard)绘

对于理解能力和记忆能力的问题,卢梭不偏向任何一个,更强调二者的结合。卢梭认为:

虽然记忆和理解是两种在本质上不一样的本能,可是两者只有相互结合才能得到真正的发展……他们小时候已经听人讲过的事情,到长大后总得要重新学过,可见他们的记忆力并不比他们的其他能力强。然而,我并不认为孩子们是一点理解力都没有的,恰恰相反,我认为他们对一切同他们眼前可以感觉得到的利益有关的事物却理解得非常好。

对于学以致用的问题,卢梭认为:

人的智慧是有限度的,一个人不仅无法明白全部的事物,就连别人已经知道的那一点点事物,他也不可能完全知道。……在我们所能得到的知识中,有些是假的,有些是毫无用处的,有些却可能会助长具有知识的人的骄傲。真正有益于我们幸福的知识,数量是十分少的,可是只有这样的知识,才值得一个聪明的人去寻求,从而也值得一个孩子去寻求,因为我们的目标是将他培养成那样聪明的人。总之,问题不在于他学到的是哪些知识,而在于他学的知识要真正有作用。

在此基础上,卢梭还认为:

在社会秩序中,每一种地位都是有标志的,每个人都应该为取得他应有的地位而接受教育。

但在现实生活中,人的地位会不断变化,人必须不断地接受教育，不断地学习提高。

另外，就社会中的人接受教育而言，是有时代性和阶级性的。对此，卢梭认为：

你想依赖现时的社会秩序，而不懂得这个秩序是不可避免地要遭到革命的，而且你也没有任何办法能够预料或者防止那将要危及你孩子的革命。到那时大人物要变成小人物，富人要变成穷人，贵族要变成平民，你觉得你可以避免命运的打击吗？危机与革命的时代已经来临，谁说得出将来你会变成什么样的人呢？所有人制造的东西，人们都可以将它毁掉，只有大自然刻画的特征才是永不磨灭的，但是大自然是从来就不制造什么国王、富翁和贵族的。

针对一些人关于幸福与痛苦的诡辩，卢梭提出：

我们那些自以为聪明的人还说，不同等级的人的幸福和痛苦，其分量都是相同的。这个说法既有害又站不住脚。因为，假如大家都是同等幸福的话，我为何要为别人而自找烦恼呢？那就让每一个人永远保持他现在这个样子好了……有钱人的痛苦，不是来自他的社会地位，而是来自他的本身，是因为他滥用了他的社会地位。即使他比穷人还要痛苦的话，那也用不着怎样可怜的，因为他的痛苦都是他本人造成的，可不可以愉快地生活，完全取决于他自己。但是穷人的痛苦却是来自环境，来自压在他身上的严酷命运。没有任何办法能够使他的肉体不觉得疲劳、穷困和饥饿，他的聪明智慧也无法使他免受他所处社会地位的痛苦。

对于人的幸福和欲望，卢梭认为：

我们太从表面现象来判断幸福了，因此我们觉得幸福的地方，正好是最不幸福的地方……我们发觉心灵的甜蜜在于享乐适度，使欲望与烦恼无从产生。欲望一动，就一定会使我们好奇，甚至烦躁，无聊的狂欢就会给我们带来苦恼。

卢梭对于爱情、婚姻方面的教育观点，作品中也通过大量生动的事例进行了阐述。卢梭认为：

人的婚姻应当建立在双方条件般配的基础上。这个所谓的"般配"，不是指男女双方家庭地位和财产占有的门当户对，而是指双方道德修养、思想境界以及性格特征等多方面的相融与协调。

在此前提下，卢梭对年轻人恋爱和婚姻中的一些现象进行了深入的分析：

在不具备任何道德观与审美观的男人看来，所有的妇女都是一样好，在他看来，他所遇到的头一个女人总是最可爱的。爱不仅不是从自然中产生的，而且它还控制着自然的欲望的发展。我们喜欢什么，我们就想得到什么，但爱则应该是相互的。为了要受到别人的爱，就一定要首先使自己变成可爱的人；为了要获得人家的偏爱，就一定要使自己比他人更为可爱，起码在他所爱的对象眼中看来，比所有人都更为可爱。所以，他首先要注视与他类似的人，他开始将自己与他们比较，与他们竞赛，与他们竞争，他要嫉妒他们。

对于理想的婚姻关系，卢梭也提出了自己的看法：

我认为，这样一对彼此相配的夫妇是经得起一切可能发生的灾难的打击的，当他们在一起过着穷困日子的时候，他们远比一对拥有全世界财产的同床异梦的夫妻幸福得多……他们的爱建立在终身互相敬重的基础上，建立在不随着美丽容颜的消逝而消失的道德基础上，建立在性情契合的条件上。性情契合能够使他们友爱相处，使他们到老年仍然过着初恋那样的甜蜜时光。

从创作特点来看，本书是以小说的形式来阐述教育的哲理的。书中有明确的观点，并辅以具体事例加以详细阐述和分析，使得深奥的道理更易于理解。

另外，《爱弥儿》虽然主要论述的是教育问题，但作者又不局限于此，而是深入地分析了人类社会的各个方面，特别是针对封建统治和旧教会的专制与虚伪，提出了人文主义、社会契约、民主政治等理念，这些后来都成为法国大革命的思想理论基础。

让-雅克·卢梭（1712—1778），18世纪法国启蒙思想家、哲学家、教育学家、文学家。他的著作激励了法国大革命的领袖们，对浪漫主义的一代也产生了巨大的影响。

卢梭出身于瑞士日内瓦钟表匠家庭，幼年丧母，在父亲的鼓励和引导下，从小开始阅

读古希腊、古罗马文学中的名人传记。少年时期在法国、瑞士、意大利等地流浪，其间当过杂役、乐师、雕刻学徒等。他通过刻苦努力，系统地学习了历史、地理、天文、物理、化学、音乐和拉丁文，从广泛的阅读中获得了极其渊博的知识。1750年前后，卢梭参加法国第戎学院举办的征文竞赛，其《论科学和艺术》获得名次，从此蜚声法国；1753年，第戎学院再次征文，卢梭写了《论人类不平等的起源和基础》。这两篇论文发表后，卢梭激进的观点轰动一时。因为对频繁的社交感到厌烦，他先后在退隐庐和蒙莫朗西的森林附近，过着简朴的隐居生活，潜心创作。那几年是其创作生涯中成果最为丰硕的阶段，其相继出版了《新爱洛伊丝》《爱弥儿》《社会契约论》。1765年底，他开始写自传《忏悔录》，讲述自己过去半个世纪的往事。1778年，卢梭病逝于巴黎郊外的一个小农庄。1794年，法国政府举行隆重的仪式，将卢梭的灵柩移葬于巴黎先贤祠。

我们今天阅读《爱弥儿》这部关于教育的哲理小说，可以借鉴其中关于婴幼儿和青少年教育方面的理念，比如顺应自然、因势利导等，着重培养孩子的优良品格和适应社会的能力，但也应注意反思其中落后且不适应当下社会的一些观点。

（2021年元月25日于蓉城斋）

卢梭《忏悔录》

卢梭的自传体小说《忏悔录》,通过对自己一生的叙述和反思,对封建专制社会上层人士虚伪、狡诈和凶残的丑恶行为进行了无情的揭露和抨击,真实地再现了18世纪欧洲封建贵族中真善美和假恶丑博弈的场景,塑造了一个崇尚真实自然、不畏权贵、寻求真理的文豪形象。

卢梭通过自己的聪明才智和努力写作一举成名,他不谄媚,不妥协,不慕虚荣,在上流社会的圈子里,显得孤高自傲。歌剧《乡村卜师》成功上演后,国王路易十五准备接见他并赠送年金,卢梭都委婉谢绝。卢梭认为:

为了保持自己独立不羁的人格,情愿自食其力,过清贫的生活,也不要任何人的财富与提拔。

为此,卢梭的朋友狄德罗极力劝阻未果,后与卢梭绝交,并受格里姆挑唆利用,开始污蔑打击卢梭。还有一些有名无实、慕名而来的拜访者在被卢梭拒绝后，也自动加入造谣诽谤者的队伍。

事实上，卢梭对朋友很情真意切，他非常珍视友谊。狄德罗因《哲学思想》一书具有反封建、反宗教倾向而被捕入狱时，卢梭也曾设法营救他并表示愿意陪同狄德罗一起入狱。即使后来卢梭与狄德罗绝交，狄德罗被别人以不实之词诬陷时，卢梭还写了文章为其辩解。

另外，卢梭对那些封建贵族中自以为是、愚蠢虚伪的人物是嗤之以鼻的。如《忏悔录》中所提及的法国驻意大利大使——蒙太居，他工作上的事基本上全靠秘书等手下人干。极端自私的他，居然连购买办公用品的开支都提出分摊。有些由使馆开支的款项，他无耻地提出让工作人员支付，事后把公款占为己有，还对使馆的业务瞎指挥，等等。卢梭作为蒙太居的助手，为其解决了许多麻烦事，但蒙太居经常不信任他，卢梭只有愤然辞职。

而对孔蒂亲王、卢森堡元帅、苏格兰元帅等思想开明、平等待人的贵族们，卢梭是敬重甚至是佩服的。在《忏悔录》中，卢梭回忆了他与孔蒂亲王交往的两件小事。

一次是他在与亲王下棋时，旁观的人都不停地给卢梭使眼色，但他置之不理，连赢两局后，还对孔蒂亲王说：

大人，我太崇敬殿下您了，我不愿意老是赢您的棋。

好在孔蒂亲王对此却毫不在意，不愿意听阿谀奉承之词。

还有一次是，孔蒂亲王送猎物给卢梭，卢梭第一次欣然接受了。过了几天，孔蒂亲王又派人送来一篮猎物，卢梭接受后便给孔蒂亲王写了一封信，委婉地指出自己对这种不需要的东西在感情上很难接受。这封信遭到了大家的谴责，但孔蒂亲王也没有责备卢梭。卢梭对自己的做法很后悔，同时也表现出对孔蒂亲王的敬重之情。

卢梭与这些贵族的交往，表明他并不是一概地仇视和反对贵族，而是有他自己爱憎分明的原则。

真正的贵族精神，应该有三根重要的支柱：一是文化的教养，能抵御物欲的诱惑，培育高贵的道德情操与文化精神；二是社会的担当，严于自律，珍惜荣誉，能扶助弱势群体，担当起社区与国家的责任；三是灵魂的自由，意志独立，具有知性与道德的自主性，不为政治强权或主流

一个忏悔中的人

[希腊]尼古拉斯·吉兹（Nikolas Gyzis）绘

意见所奴役。贵族精神的高贵之处，在于不会为了一些眼前的现实利益去背信弃义、不择手段。

卢梭《忏悔录》中鄙视的那些有贵族名号的"大人物"，其实都不是真正意义上的贵族，而是投机取巧、唯利是图的小人。而与卢梭交往甚厚的孔蒂亲王、卢森堡元帅、吉斯勋爵等，正是有着真正贵族精神的人物。

卢梭对于社会交往中那种只图虚名而没有实质意义的相互拜访和交流感到非常厌恶，认为这是既耗费钱财又浪费宝贵时间的无效交往，因此他拒绝和疏远了一些人。所以，当卢梭因《爱弥儿》一书获罪时，这类人便联合起来打击和孤立他。

卢梭在退隐期间，经常都有一些慕名而来的拜访者，其中一些人连卢梭的作品都没有读过，就不着边际地奉承吹捧他，严重影响他的创作。这些人无非就是想通过与名人接触而抬高一下自己的身份，为自己谋利。比如格里姆，他与卢梭认识后，就不断地让卢梭介绍达官贵人和社会名流给他认识，格里姆利用卢梭的疏忽还挑拨离间，使这些人逐渐疏远卢梭。

卢梭在人生后期，特别是在遭受迫害和驱逐期间，与朋友交往时显得有些敏感而多疑。他在《忏悔录》中所叙述的与一些人交往的过程中引起误会的原因，有不少都是卢梭自己猜测而无法核实的。

从他的成长经历来看，长期寄人篱下和少年时代的颠沛流离，让他吃了不少被人欺骗的苦头。他第一次见到华伦夫人后,因为要改信新教而被送到都灵教养,出发前华伦夫人给了他一笔旅费,可这笔旅费竟然被委托人在路上克扣掉。在教养院,由于环境恶劣,他又差点受到侮辱。从教养院出来后,因为没有钱住旅馆,他还在大街上过夜。这一切使成年后的卢梭在与人交往时变得敏感而多疑,他的敌人和一些所谓的朋友就利用他的性格特点来污蔑和攻击他。所以,他在《忏悔录》中谈到与朋友产生误会时,总是从各个方面叙述事情的起因和过程,意图让读者来评判是非。

卢梭在《忏悔录》中还叙述了他与女性的交往和情感纠葛。总体来讲,他与埃皮奈夫人、乌德托夫人等贵妇的交往,都是停留在友谊或柏拉图式的精神爱恋层面上的,唯一例外的是华伦夫人。

华伦夫人在见到年少的卢梭与一个名声不好的女人接触后,怕他被勾引而主动让卢梭成为自己的情人,对此卢梭一直都觉得内疚,感觉自己亵渎了他对华伦夫人的感情。为此,卢梭曾找理由逃避离开过,后来又因各种原因回到华伦夫人身边。

在《忏悔录》中,卢梭真正有忏悔之意的事,是其当初在维尔塞里斯夫人家里当奴仆的时候,他偷拿了一条已经用旧了的玫瑰色和银色相杂的小丝带子。被人发现后,他当众撒谎,说是女佣玛丽永送给自己的,因此造成了玛丽永的不幸,让其陷入屈辱和贫困之中。这件事,影响了卢梭四十多年,回忆时常残酷地折磨着他。

还有卢梭的五个孩子，生下来便被他陆续送到孤儿院，他自己没有尽过养育之责。这也是攻击他的人认为其最没有人性的地方。对于这一点，卢梭一方面述说自己迫不得已的苦衷，另一方面也委婉地流露出懊悔之意。

除此之外，卢梭对自己独立不羁和追求真理的信念毫不后悔。所以，当他的敌人攻击他的《忏悔录》是他在借忏悔而表白自己时，卢梭认为这就是披露事实真相，让后人去评判是非曲直。

卢梭在社会民主方面的许多论述，后来成为法国大革命的理论基石，对后来不少国家的民主和法制建设也产生了巨大的影响。卢梭吸取古希腊、古罗马文明中的有益成分，在他的《爱弥儿》《社会契约论》《论人类不平等的起源》等著作中，他提出了自由平等、反对封建专制的观点，是人类社会进程中的宝贵财富。

但卢梭这些观点，在当时封建专制下的贵族和教会中，引起了极度恐慌，他们为了维护封建贵族统治者的利益和教会的特权，对卢梭展开了围剿和迫害，并煽动一些不明真相的民众对其进行挑衅和威胁，以致过去一些所谓的朋友也背叛和出卖了他，包括他在逃亡途中写的反驳文章也被当成暂居地驱逐他的依据。

在四处逃亡的过程中，卢梭写下了《忏悔录》，对自己的一生进行认真的反思和深刻的剖析，表明自己追求真理、不畏强权的心迹，并驳斥迫害者和那些攻击自己的荒谬言论。

《忏悔录》是卢梭的自传体小说。卢梭在《忏悔录》中回忆了自己的一生。他本性善良，热爱自然、崇尚自由，具有丰富的感情和坚强的性格，对政治、哲学、文学、音乐、戏剧等都很有研究并取得了卓越的成就。

他忏悔自己的一生，目的是为了向世人做自我辩护，以维护自己的人格和尊严，同时揭露和控诉封建专制社会的黑暗和不平。卢梭深信，他不比任何人坏，所以敢于坦白自己的所作所为，以及内心的真实思想，从而使这部自传成了他所说的"世界上绝无仅有、也许永远不会再有的一幅完全依照本来面目和全部事实描绘出来的人像"。它不仅是一部内容丰富、形象鲜明的自传，更是一篇肯定自我、要求个性解放的宣言。

我们今天读《忏悔录》可以了解卢梭一生的经历，学习卢梭追求真理的态度和独立不羁的精神。

（2021年3月8日于蓉城斋）

塞万提斯《堂吉诃德》

塞万提斯的长篇小说《堂吉诃德》，是欧洲早期的优秀现实主义小说。该小说讲述了一个名叫"堂吉诃德"的穷贵族因痴迷于阅读骑士小说，幻想自己是中世纪的高贵骑士，带着仆人桑丘·潘沙外出行侠仗义，企图用理想化的骑士精神改造社会而处处碰壁的故事。小说成功地塑造了堂吉诃德这个不畏艰险、坚信正义，却又"神志不清"的典型人物形象；生动再现了16世纪末17世纪初西班牙的社会生活场景，展示了人性中真善美和假恶丑的对立与交锋；深刻揭露了当时的社会矛盾，即奢侈与贫困、强权与弱势的尖锐对立；批判了封建贵族与腐朽教会的相互勾结，反映了作者的人文理想。

小说的主人公——堂吉诃德，原名吉哈诺，他性情开朗、性格善良，喜欢读骑士小说，崇拜和向往高贵骑士的生活，常常幻想自己就是骑士小说里那令人景仰的骑士。他先找出一副破烂不堪的盔甲，先后修补了几次才勉强可用；又将一匹瘦弱不堪的老马当成是坐骑，用了四天功夫才替它取了个满意的名字，叫"驽骍难得"；又用了八天时间给自己取了个骑士的名字，叫"堂吉诃德"。此外，按照骑士的习惯，他还把邻居家的一名村姑想象成了自己的意中人——杜尔西内亚。

一切准备就绪后，堂吉诃德开启了他的第一次出门之

堂吉诃德的行侠之旅

[法国]奥诺雷·杜米埃（Honore Daumier）绘

行。他把一处客栈当成城堡，又让客栈老板封自己为骑士。怀疑堂吉诃德精神不正常的客栈老板，在两个妓女的配合下，用账本假冒《圣经》，装模作样地为其举行骑士册封仪式。有了骑士封号的堂吉诃德，志得意满地开始了他的"行侠仗义之旅"。

但过程却并不顺畅，第一次出手救人就受到欺骗：他在解救了一个牧童离开之后，农夫不仅没有兑现承诺，反而变本加厉地把牧童毒打了一顿，使牧童对他的仗义行为失去信心。更不幸的是，当他拦住过路的商队，想让他们承认杜尔西内亚是最美的女人时，却被对方狠狠地揍了一顿。

然而，第一次"游侠"就遭遇严重挫折的他，却不改初衷，在家待了一段时间后，便动员同村一名庄稼汉桑丘·潘沙当他的侍从，继续他的"游侠之行"。这一次堂吉诃德更加疯狂，做的都是一些看起来无比正义，实际上却十分荒唐的事，如把路过的贵妇人当成被劫持的公主去解救而遭痛打，把羊群当成两只正在交战的军队并冲上前去阻挡，放走一群被押解的犯人而被官方通缉，等等。

后来，堂吉诃德被邻居装进木笼子带回家里。不久，他和桑丘又偷偷出门去"游侠"。同村人加尔拉斯果为此设下一计，自己假扮成"镜子骑士"前来挑战，两人约定如果堂吉诃德输了就必须回家；意在将其打败，迫使他放弃荒唐的念头，永远不再外出游侠。可镜子骑士却战败了，于是堂吉诃德带着桑丘继续"游侠"。

前行的路上，他们遇到一行人运送两头狮子——奥兰总督送给国王的礼物。堂吉诃德提出要向狮子宣战,可打开笼子后,两只狮子却懒洋洋地不肯出来,车夫哄骗堂吉诃德狮子是因为怯弱才不敢出来,于是堂吉诃德就自封为"狮子骑士"。

后来,堂吉诃德的行为世间人尽皆知,还被写进了书里。有位公爵夫人看到后很感兴趣,便邀请他们去公爵府做客,听他们讲"游侠"的经历。

当得知堂吉诃德的仆人桑丘一心想做海岛总督时,她便把桑丘派到公爵所管辖的一个小镇当总督,并派府上的大管家陪同桑丘前去赴任。桑丘非常认真,处理民间纠纷明辨是非、尽职尽责。后来,公爵派人伪装敌人偷袭海岛,趁乱把桑丘毒打了一顿。遭到捉弄的桑丘愤然离开所谓的海岛,回公爵府去找堂吉诃德了。

殊不知,此时他的主人堂吉诃德,也正不断地受到捉弄,还被猫抓得满脸伤痕。还有一个被骗子遗弃的姑娘来向堂吉诃德求助,公爵遂安排堂吉诃德与那骗子决斗,约定如果骗子输了,就必须娶那个被他欺骗的姑娘为妻。结果骗子闻风而逃,公爵只有安排自己的一个小厮顶替他决斗;而小厮与那姑娘一见钟情,堂吉诃德不战而胜,离开了公爵府。

这时,同村人加尔拉斯果又化装成"白月骑士"来与堂吉诃德决斗,结果堂吉诃德输了,按事先约定,他不得不回到家乡。

随着理想的破灭,堂吉诃德开始痛斥骑士小说对自己的毒害,且不许别人叫他堂吉诃德,只承认自己是善人吉哈诺,并立下遗嘱:凡是读过骑士小说的人,都不能娶他的外甥女,否则,无权继承他的遗产。不久后,堂吉诃德离开了人世。

在世人眼中,堂吉诃德是一个精神不正常的人,是现实生活中不自量力的狂人。但堂吉诃德的性格是复杂的,他也有善良正直、勇敢无畏的一面,书中写道:

他要去做个游侠骑士,拿起兵器,披上盔甲,骑马漫游世界……他要消灭一切暴行,将种种艰险承担下来,将来功成名就,就可以名传千古。他觉得这是美事,因为一方面为自己扬名,一方面为国家效劳。

这是堂吉诃德决定开始"游侠"的初衷,据此可以看出他的社会责任感和担当精神。

至于他与风车作战、把羊群当成交战的军队,看似疯魔,其实也折射出当时社会的复杂多变。堂吉诃德的个人悲剧在于不能够顺应时代的变化,在骑士时代早已成为历史的情况下,仍然一成不变地追寻着骑士精神。

另外,堂吉诃德对待爱情也是坚贞不渝的。他把杜尔西内亚想象为自己的意中人,每当有姑娘求助于他时,他便首先向人家声明,自己有美丽的杜尔西内亚,帮助别人是自己的天职。在与年轻貌美的姑娘一道行动时,堂吉诃德也总是暗暗提醒自己,不能受到她们的诱惑。

公爵夫人和公爵指使下人捉弄他们主仆二人,堂吉诃德也是心知肚明的。而在事后,公爵夫妇极力挽留他们时,堂吉诃德毅然选择离开生活舒适无忧的公爵府。最后,堂吉诃德被同村人假扮的白月骑士打败并回到家里。他一病不起后那番悔悟的话和遗嘱，其实也是对那个时代不公平和黑暗的控诉。

公爵夫人和公爵，为了取乐而捉弄堂吉诃德主仆，但他们把别人当傻子，自己未必就是聪明人，正如小说中所写的：

> 他们演得惟妙惟肖，好像真有其事似的。可是熙德·阿默德认为被捉弄的固然傻，捉弄他们的也一样傻；公爵夫妇那么起劲地捉弄那两个傻子，可见他们自己也正和两个傻子差不多。

堂吉诃德的邻居——桑丘·潘沙，与他一道外出"游侠"。途中，堂吉诃德与桑丘是主仆关系，也是朋友关系。桑丘是一名乡间帮工，家境并不宽裕，他性格朴实而直爽，但又有些自私和狡黠。一路上，他负责安排堂吉诃德的食宿，但因贪图便宜常常把主人堂吉诃德一个人丢在险境而不顾。

桑丘虽然缺点不少，但他很善良。他虽然经常因"游侠"生活艰苦又无利可图，嚷嚷着要离开主人回家去，但最终还是没有离开，一直陪伴着堂吉诃德。

桑丘还很聪敏。他当了不到十天的"海岛总督"，被公爵府的人捉弄后，他立即清醒过来，转而对公爵和公爵夫人说：

> 我是奉您两位的命令，到便宜他了海岛上去做总督的。我实在是不配的，我光着身子进去，如今还是个光身；我没占着便宜，也没有吃亏。我这个官当得好不好，那里有见证，

疑难被我解决了，案件我做出了宣判，但我经常饿得要死。我宁愿趁早把这个官甩了，免得自己被它带累得摔下去。

小说《堂吉诃德》的故事性强、叙述连贯、语言幽默，大量使用了成语、俗语等，与长篇叙事诗《格萨尔王传》颇有相似之处。

米格尔·德·塞万提斯·萨维德拉（1547—1616），出生于西班牙马德里附近的艾那瑞斯城。祖父是破落贵族，父亲是外科医生。

塞万提斯幼年时曾随父亲四处迁徙，他聪明热情，很有才气。1575年，他在回国途中为海盗所俘，至1580年才赎得自由。1602年，他在狱中开始了《堂吉诃德》的写作，并于1605年完成了《堂吉诃德》的第一部，作品问世后，立即获得成功。1615年，他完成了《堂吉诃德》第二部。1616年，一生坎坎坷坷但充满激情的塞万提斯与世长辞。

我们今天看《堂吉诃德》这部小说，可以了解西班牙在欧洲文艺复兴时期的社会和历史状况，也可以透过堂吉诃德的疯魔和呆傻行为所折射出的社会现象，去理解这部小说反封建贵族制度和腐朽教会的主题。

（2021年3月30日于蓉城斋）

比彻·斯托夫人
《汤姆叔叔的小屋》

比彻·斯托夫人的小说《汤姆叔叔的小屋》，通过讲述汤姆等黑奴的一系列悲惨遭遇，揭露了美洲黑奴贩卖市场的猖獗和黑暗，抨击了罪恶的贩奴和蓄奴制度。作品通过描写汤姆、伊娃、圣·克莱尔、乔治·谢尔比等人物的高尚行为，歌颂了他们在人性善与恶、灵魂美与丑的交锋中的大善大义之举，鞭笞了黑利、勒格利等黑奴贩子和庄园主的丑恶灵魂，谴责了玛丽等人在对待黑奴问题上的极端自私行为，还反映了被压迫和欺凌下黑奴群体的教育和人格培养问题。

小说的主人公——汤姆，身材高大、心地善良、忠实虔诚，是肯塔基州种植园主乔治·谢尔比最信赖的管家。小说中这样写道：

在宗教事务方面，汤姆是邻里众人称赞的长者。他有组织力，又崇尚道德；再加上他胸襟开阔、有教养，远胜过他的同类，因而受到人们深深的尊重。

后来，谢尔比因经营不善而面临破产，他被迫把汤姆卖给黑奴贩子——黑利。出于对主人的忠心，即便有机会逃走，汤姆也选择了放弃。在黑奴市场和前往新奥尔良的船上，汤姆耳闻目睹了黑奴们妻离子散的悲惨遭遇。他整日以《圣经》为伴，吟诵着赞美诗，而心中却倍感凄凉。

在被运往南方的船上，汤姆巧遇了伊娃和她的父亲圣·克莱尔。汤姆与伊娃渐渐成了好朋友。某天，伊娃不慎落水，汤姆奋不顾身将其救上岸。最终，在伊娃的请求下，圣·克莱尔买下了汤姆。

在船上的奴隶

[英国]乔治·菲利普·雷纳格尔（George Philip Reinagle）绘

在圣·克莱尔家担任管家的汤姆，空闲时间也会陪同小主人伊娃玩耍，两人无话不谈。当伊娃知道汤姆想家时，便请父亲替他写信回去。不久，汤姆收到了谢尔比少爷的回信，并获悉其妻子正在拼命攒钱准备赎回他，这使他感到无比喜悦，重新燃起了对生活的希望。

然而，好景不长，患有肺病的伊娃因病情日趋严重，最终医治无效而不幸夭折。临终前，她恳求父亲为汤姆办理"自由证"，圣·克莱尔答应了伊娃的请求。失去爱女的圣·克莱尔精神上一下子全垮了，之后因劝架而不幸被人用刀捅死。

突如其来的变故打破了汤姆重获自由的希望。圣·克莱尔的妻子玛丽决定把庄园和奴隶全部出卖，并拒绝圣·克莱尔的堂姐奥菲利亚为汤姆求情。

汤姆于是再次被送到贩奴市场进行拍卖，最终被粗壮残暴的棉花种植园主勒格利买走。到了棉花种植园，繁重的劳动，再加上勒格利长期的拳打脚踢，汤姆身心倍受摧残，他唯一的精神寄托，就是读《圣经》和唱其中的赞美诗。

由于汤姆经常帮助其他黑奴，卡西为汤姆的善良所感动，常在汤姆受伤后去照顾他，两人逐渐成为朋友。之后，卡西与同为奴隶的埃米莉逃跑，勒格利疯狂追捕却徒然而返，因此而归罪于汤姆。汤姆宁死不屈，坚决为卡西保守秘密，最终被勒格利打得奄奄一息。

两天后，乔治·谢尔比少爷来到勒格利的庄园，准备赎回汤姆,然而,他看到的却是瘦骨嶙峋、遍体鳞伤的汤姆。谢尔比抱起汤姆,泪如泉涌,心如刀绞,痛骂勒格利是老恶棍、大魔鬼。汤姆却以宽阔善良的胸怀宽恕了勒格利,并平静地离开了人世。谢尔比回到庄园后,埋葬了汤姆,把"自由证书"发给了每个奴隶,让他们都成为自由人。

汤姆无论是在肯塔基州乔治·谢尔比庄园的小屋,或是在圣·克莱尔的家里,还是在红河边勒格利种植园的小屋,他都是黑奴们接受爱心布道、获取精神力量的来源。对于汤姆的为人,大家说法不一,有人称赞他有信仰、有勇气,至死都保持一颗善良之心,是圣者所为;也有人说他天生奴性,是逆来顺受,不敢与压迫者展开反抗和斗争。

笔者认为,我们应该理性地、客观地去看待人物。小说中那些同样是黑奴身份的人,像桑博和昆博,他们为了获取主人的赏识,不惜助纣为虐、为虎作伥,欺压自己的同胞。在抓获卡西和埃米莉时,许多人为了得到五块钱的奖赏,竟纷纷表示愿意为勒格利效劳。

他们中的有些人是因为想得到奖金,有些人则是基于阿谀奉承的奴性,所以在周围的黑奴还没有醒悟、斗争环境还未形成的情况下,汤姆只有把希望寄托在上帝身上。我们应该充分肯定汤姆这个闪耀着人性光辉的人物形象,是他的自我牺牲、他的无疆大爱,给其他的黑奴带来了希望。

小说中的圣·克莱尔一家人,也是具有典型性和代表

性的。圣·克莱尔在与堂姐奥菲利亚的对话中,就明确指出:

贩奴和蓄奴的猖獗和造成的黑暗,其根本原因就是当时的社会制度造成的不公平。

由于法律允许把黑奴当成私有财产,主人可以任意处置他们,别人无权干预,在这种情况下,即使有个别开明的绅士想帮助受苦受难的黑奴,也是爱莫能助。所以,只能像圣·克莱尔所说的:

那么多可怜的家伙,我不能见一个买一个啊!在茫茫都市中,我不能变成一个游侠骑士去替每一个含冤落难的人报仇雪恨啊!于是我唯一能做的便是尽可能地避开此类事情。

当然,后来在女儿伊娃的影响下,克莱尔对黑奴贩卖问题的观点有所改变,但他最终也是无能为力,就连朝夕相处的汤姆的命运都未能改变。

就因为黑奴是私有财产,牵涉到蓄奴者的个人利益,一般人是很难下决心让他们取得自由的,何况是玛丽那样极端自私的人。圣·克莱尔死后,面对奥菲利亚为汤姆求情,玛丽说:

我是坚决反对解放黑奴的。黑人在东家的管束之下,活就干得不错,人也体体面面的;一旦让他们自由,他们就懒散了,不肯干活,贪杯好酒,一个个堕落成下贱无用的人。

只要谁不遂玛丽的心,她就装病,讹诈别人,或无休止地折磨下人,她从来不顾他人的情感。而堂姐奥菲莉亚则是一个心直口快又善良正直、勤劳勇敢的人物。

圣·克莱尔的女儿伊娃是天使般的人物。汤姆与伊娃在轮船上相遇,并成为好朋友。她还是汤姆的福星,一次,伊娃与汤姆谈论基督时说:

当我看到船上那些可怜的黑人的时候,就是你坐船来南边那一次,他们当中有的失去了母亲,有的失去了丈夫,有的母亲为她们的孩子的悲惨命运而哭泣。

当我听说了普吕的事情的时候,哦!那是多么可怕啊!还有无数次这样的时候,我总是想,要是我的死亡能够制止这一切痛苦的话,我一定乐意去死,我愿意为他们而死。

小小年纪的孩子,竟怀有这般人间大爱,能说出这样震撼人心的话,人们怎么能不把她当天使看待呢!随后,伊娃又与父亲讨论家中黑奴的自由问题,希望他们变成自由人,她无可奈何地说:

这是一个很困难的问题,亲爱的。毫无疑问,这种制度是非常糟糕的,许多人都这样认为,我自己也这样想。我诚心诚意地希望世界上连一个奴隶也没有,可是我并不知道怎样去解决这个问题。

由于圣·克莱尔意外死亡,没有来得及给汤姆办理"自由证",因此,汤姆落入心狠手辣的勒格利之手。而圣·克莱尔的堂姐奥菲莉亚却有先见之明，及时给自己身边黑奴小女孩托普西办了"自由证书"，使伊娃的一个心愿得以实现。因为托普西也是在伊娃的感化下走上了正路，因而伊娃给读者，特别是青少年读者留下了深刻的印象。

小说中，长大成人后兑现诺言，竭尽全力去赎回汤姆的乔治·谢尔比少爷和他那对黑奴体贴关心的母亲谢尔比太太，都是人间真善美的化身，他们的善举令人感动不已。

小说中的黑奴贩子黑利，为了获取最大的利益而欺骗黑奴，把自己说成是最善良、最同情黑奴的好人，称他自己所做的一切都是为了黑奴好，而他那些标榜自己"善良"的言论恰恰是对他自己的所作所为的绝妙讽刺。

与黑利相反，狂躁、粗暴、野蛮的勒格利的形象，则通过他狂暴粗野的语言和行为赤裸裸地展现在读者眼前。还有玛丽为蓄奴和贩奴制度辩护的那些说辞，也把她的丑恶本质暴露无遗。

小说的故事情节连贯、脉络清晰，人物之间的对话生动感人，人物形象鲜明而立体。在表现手法上，小说把红河两岸绮丽的自然风光和经济繁荣的景象与广大黑奴的苦难生活对比起来描写，可以更鲜明地表现出黑奴制度的罪恶。

美国总统林肯在南北战争期间，曾对作者斯托夫人说："原来你就是写了一本引起一次伟大战争的书的小妇人啊！"这也是对这部小说最充分的肯定。

比彻·斯托夫人（1811—1896）出生于美国康涅狄格州的利奇菲尔德。她喜欢读书，斯科特的浪漫主义小说对其文学创作产生了深刻的影响。

1832年，她随父亲迁居辛辛那提，在一所女子中学任教。辛辛那提与当时的蓄奴州肯塔基隔河相望，她因此得以耳闻目睹奴隶制度的种种残暴和黑奴的悲惨遭遇。1836年，她同其父亲所在神学院的一位教授卡尔文·斯托结婚。

1851年，斯托夫人写出了揭露黑奴制的小说《汤姆叔叔的小屋》，又名《卑贱者的生活》，在周刊《国民时代》上分四十期连载；1852年3月，出版了单行本，在社会上引起巨大反响。

比彻·斯托夫人笔耕不辍近五十载，著述颇丰。她的文学创作手法、美学观，以及她的思想意识和写实主义，至今仍受到后人的关注和评论。

她的《汤姆叔叔的小屋》在今天读来，仍然会让读者感到强烈的震撼。我们从中可以了解美洲黑奴制的历史，了解当年美洲黑奴的悲惨遭遇；可以学习该小说的叙事手法和人物、景物的描写技巧；还可以学习作者现实主义和浪漫主义相结合的文学创作手法。

（2021年4月6日于蓉城斋）

列夫·托尔斯泰《复活》

列夫·托尔斯泰的小说《复活》，通过讲述公爵少爷聂赫留朵夫向当年被自己诱奸，后又被无情抛弃的农奴少女卡秋莎·玛丝洛娃忏悔赎罪，描写玛丝洛娃在前往西伯利亚服苦役的过程中的所见所闻，真实地反映出俄国革命前夜，一批仁人志士的思想觉醒和走上革命道路的艰难历程；生动地再现了当时俄国社会的风云变幻，无情地揭露了沙俄司法制度的极端腐败，并极力呼唤整个社会的人性回归和灵魂苏醒。

小说的男主人公——聂赫留朵夫，凭借继承父亲的财产和爵位，过着衣食无忧的生活。青少年时期的他，曾受到过民主主义和人道主义教育。他原本是一个善良纯洁、有理想、有追求的人，然而，走上社会后，却慢慢地为纸醉金迷的社会生活风气所浸染，渐渐堕落成了一个放浪形骸的纨绔子弟。

他无情地抛弃了曾被他诱奸的玛丝洛娃，而在一次做陪审团成员时,他又恰巧遇到了玛丝洛娃。然而,此时的玛丝洛娃已被指控投毒杀人,这让他开始陷入无尽的自责和忏悔之中。

原来,在他离家进入军队后,已经怀孕的玛丝洛娃就被赶出了家门。为了生活,玛丝洛娃被迫在外谋求生计,有人让她给醉酒的客人喝一杯添加粉末的红酒,她便因此被当成了投毒杀人犯。在法庭审理中,玛丝洛娃被判有罪并流放至西伯利亚。

此时的聂赫留朵夫,出于良心和道德的谴责,下决心要为玛丝洛娃洗雪冤屈,甚至提出要与玛丝洛娃结婚,以此来赎自己年轻时所犯下的罪过。

在等候玛丝洛娃的判罪批复期间,他一方面频繁地去监狱看望玛丝洛娃,当面向她悔罪;另一方面又利用自己的身份加紧为案件的申诉东奔西跑,但都无功而返。最终,他随同被判流放的玛丝洛娃前往西伯利亚。

聂赫留朵夫坐着马车,跟在玛丝洛娃所乘坐的大车队伍左右。行程中,有好几个犯人都因中暑而死,而押送他们的狱警却见惯不惊,后面更是暴露出流放制度丧失人性的凶残。为了避免玛丝洛娃受到同行男人的骚扰,他找到相关人员,把玛丝洛娃调整到环境稍微好一点的押解队。

到了流放地西伯利亚后,玛丝洛娃的申诉有了结果,她由于是被妓院老鸨利用,无意中致人死亡,因而被减轻了刑罚。

但这时的玛丝洛娃已与革命者西蒙松相爱了,她的思想有了较大的转变,她决心忘记昔日的痛苦和耻辱,在西伯利亚与西蒙松长相厮守。对此,聂赫留朵夫虽然感到有些失落和惆怅,但更多的是为玛丝洛娃感到高兴。与此同时,聂赫留朵夫也已经开始进入到一种全新的生活中。

小说中,由于聂赫留朵夫的诱奸,玛丝洛娃被推入堕落和不幸的深渊。然而,这种恶行是当时整个贵族社会的普遍现象,是贵族地主阶级罪恶的直接体现。由于聂赫留朵夫在青年时代受过民主主义和人道主义思想的影响,他身上的善良品性还没有完全泯灭;加上他寻根究底、爱好思考的个性,所以当他十年后在法庭上重新见到玛丝洛娃时,他才会被其悲惨的遭遇震惊,进而产生忏悔之心。于是,

追求自由解放的人们

绘者不详

他为玛丝洛娃上诉申冤，既是挽救她，也是为自己赎罪。

聂赫留朵夫在各级政府机关、权贵之门奔走，让他看到了统治阶级的专横冷酷，并逐渐意识到自身阶级的罪孽深重。从到监狱看望玛丝洛娃到一路陪同押解流放途中，聂赫留朵夫与革命者有了较多的接触，这让他对沙俄旧制度的腐朽和罪恶也有了越来越清醒的认识。

从当初仅仅是对玛丝洛娃个人的悔罪，到对旧的封建贵族制度，特别是腐败的司法制度的憎恶，从仅仅是对社会底层人士的人道主义同情，到极力地呼唤民主制度，在不断忏悔和醒悟中的聂赫留朵夫眼里，原本习以为常的生活仿佛突然变了模样，一切都显得是罪恶的了。

他开始反思自己过去在军队的腐朽生活，并愤然揭露了法庭、监狱、政府机关和官办教会的黑暗。通过自身的深刻反省和耳闻目睹监狱等司法机关的腐败和黑暗，聂赫留朵夫的人生和思想境界有了质的升华和飞跃。

他一方面对自己的一部分田庄进行改革，建立土地租用的合作基金，甚至把自己的土地无条件分给农民使用。另一方面，聂赫留朵夫针对司法机关和官办教会的腐败，大声疾呼：

这种可怕的状况，再也不要继续下去了。

这时他成了贵族地主阶级罪恶的揭露者和批判者。

19世纪八九十年代的俄国，农民和地主阶级的矛盾已经趋于白热化，聂赫留朵夫的忏悔和对本阶级的反抗，显示出贵族地主阶级内部的分崩离析。聂赫留朵夫的忏悔和醒悟恰恰是地主阶层人性的复活和精神上的重生。

小说女主人公玛丝洛娃的形象也塑造得非常成功。她本是农奴的女儿，作为半婢女、半养女的身份被地主太太收养。她先是被地主少爷聂赫留朵夫诱奸，后又被迫沦为妓女，继而又被蒙冤判刑，完全成了社会的牺牲品。

为此，玛丝洛娃痛恨这个罪恶的社会，所以，当聂赫留朵夫向她忏悔时，她因无法抚平所受的创伤而怒斥他。当聂赫留朵夫多次到监狱看望玛丝洛娃，向她忏悔并提出要帮助她，甚至决定娶她时，她的心情很复杂，不敢相信，也不肯原谅他。

在玛丝洛娃看来：

世界上任何别的东西都是无关紧要的，只有享乐，恰恰是这一类的享乐，才是最要紧的。

所以，在相当长的一段时间内，玛丝洛娃都认为：

人人都是为自己活着，为自己享乐活着。所有关于上帝和关于善的那些话，全是欺人之谈。

但后来，玛丝洛娃的思想开始发生了转变。因为聂赫留朵夫转回来关心她今后的命运，还为其他的犯人申诉，这使得她开始信任聂赫留朵夫并接受他的规劝。

在去西伯利亚的途中，玛丝洛娃与政治犯西蒙松在一起，受到革命思想的影响，实现了精神上和道德上的"复活"。作者把女主人公精神"复活"的原因归结为宽恕和仁爱。

总之，这部作品中的主人公都是现实生活中的典型，他们的性格复杂多变，而其思想性格的变化都是合乎逻辑的。作者认为引起这种变化的原因,在于每个人身上都有一种"人性"的对抗自然的"人"和另一种精神的"人"之间的相互对抗。不过,这种脱离社会环境影响,用"人性"的对抗来解释人的堕落、忏悔以及精神"复活"等问题,是无法令人完全信服的。

然而,《复活》依旧是一部伟大的作品,它以深刻的思想震撼着人们的心灵,并登上了19世纪俄国批判现实主义文学的高峰,成为世界不朽的名著。

《复活》写在俄国革命前夜,涉及的社会面比较广泛。作者站在促使社会变革的高度来揭露和抨击黑暗的旧制度。小说中,故事情节的选择和人物形象的塑造符合时代特点。其对话和心理活动描写,也比较精准地表现出了人物性格特征和精神面貌。

作者对聂赫留朵夫和玛丝洛娃两个主要人物在转变过程中的心理矛盾和思想碰撞写得生动形象。小说中形形色色的人物都有其各自的特点,能够比较准确地反映出那个时代的特征。

列夫·托尔斯泰(1828—1910),是19世纪中期俄国批判现实主义文学最伟大的代表作家之一,也是世界文学史上最伟大的作家之一。列宁曾说"托尔斯泰是俄国革命的镜子",

肯定他的作品"在世界文学中占第一流的地位"。

托尔斯泰出身于贵族家庭。1845年，托尔斯泰进入喀山大学；1847年，他退学回乡在自己的领地上做农奴制改革的尝试。1851年，托尔斯泰在高加索从军，曾参加塞瓦斯托波尔之战，后写成《塞瓦斯波尔故事》；同一时期还创作自传体三部曲《童年》《少年》《青年》和《一个地主的早晨》等。

1863年至1869年，托尔斯泰创作了长篇历史小说《战争与和平》；1873年至1877年，完成《安娜·卡列尼娜》。19世纪70年代末80年代初，托尔斯泰的世界观发生激变，由此创作了大量作品：剧本《活尸》《教育的果实》以及中篇小说《魔鬼》《伊凡·伊里奇之死》《克莱采奏鸣曲》《哈吉·穆拉特》和短篇小说《舞会之后》，特别是在1889年至1899年，其所创作的长篇小说《复活》，对政府、法庭、监狱、土地私有制作了深刻的批判，成为他长期思想、艺术探索的总结。托尔斯泰晚年力求过简朴的平民生活，1910年10月，托尔斯泰从家中出走后病逝，享年82岁。

我们今天读《复活》，可以了解19世纪俄国革命前夜的社会状况，特别是封建贵族制度行将就木前的腐朽和黑暗。同时，我们可以学习托尔斯泰在反映重大社会事件时所采取的夹叙夹议的表现方式，以及大胆利用人物对话和心理活动描写来表达观点的创作手法。

（2021年4月17日于蓉城斋）

雷马克《西线无战事》

　　雷马克的小说《西线无战事》，通过描写第一次世界大战期间，一名叫"保罗"的士兵的所见所闻，真实再现战争对于生命的摧残和毁灭，引发人们对战争进行深刻的反思。

　　小说的主人公——保罗，是一名思想单纯而又充满激情的青年学生。在学校老师的鼓励下，他和同学一起报名参加了志愿兵并接受了短期的"魔鬼式"训练，之后便开赴西线战场。

　　在经历敌方猛烈的炮击后，一些年轻人开始感受到死亡的恐惧并憎恨那些欺骗性的宣传。后来，战事更加吃紧，战争更加残酷。保罗和他的战友们发现，无论是在战场上，还是在俘虏营中，敌方的那些士兵几乎是与他们一样的青年学生或农民，他们的面容上并没有"魔鬼般的狰狞"，他们也是受到蛊惑才来到前线参加战斗的，他们都是战争的受害者。这时，保罗和他的战友们开始对战争是如何产生的产生了疑问。

对于战争的残酷性，小说除了有惨烈的战场描绘，也有细致的情节描写。小说的第一章，保罗和同伴们去野战医院看望受伤住院的战友——克默里希。克默里希因腿部受伤感染被锯掉了一条腿，他呻吟着，强忍着剧痛，保罗便请求医院的护理员给他打止痛针，却被告知只有军官才能享受打止痛针的待遇。看着克默里希痛苦的样子，大家尽管心里明白他已经时日不多了，可还是想方设法地安慰他、鼓励他活下去。

在新兵训练营里，他们的排长希默尔施托斯总是找新兵们的茬子，让他们重复不断地做一些机械性的动作，稍微不如意便会体罚他们，其目的就是要把他们训练成没有思想、绝对服从的战争机器。

小说还通过描写交战双方士兵之间的交流来展现战争的残酷性。保罗在参加一次巡逻侦察任务时遇到一名敌兵，在搏斗中保罗刺伤了他。这名重伤敌兵濒临死亡时的痛苦场面，让保罗起了怜悯之心。他替那名敌兵包扎伤口，给他喂水和食物，并安慰他：

我会写信给你的妻子，她一定会从我这里了解到你的情况。我会把你告诉我的事情全部都讲给她听，她不会再受苦受累，我会照顾她，还有你的父母和你的子女。

那名敌兵死后，保罗在他的衣袋里发现一张他跟一个女人、一名小女孩的照片。从照片上看,他们并不是有钱人;从他身上的信件得知,这名叫热拉尔·迪瓦尔的士兵只不过是一名印刷厂的排字工人。保罗记下他的地址后,把所有的东西都塞回他的军服上衣袋里。

接下来,与死尸相伴的漫长的几小时里,保罗开始了对这场战争的深刻思考。这时,在保罗心里升起的,已不仅仅是对人的怜悯,还有对非正义战争的憎恨和反感。之后,保罗被安排管理俄军战俘营,他更加同情和理解战俘,并力所能及地对他们施以人道主义帮助。

小说中,对前线士兵回家探亲时与周围环境所产生的矛盾冲突的描写,深刻地反映出战争给人的心灵所带来的巨大伤害,而这种伤害在短期内是很难治愈的。小说中,保罗好不容易得到休假的机会,但回到家乡,在

战场上的残酷与艰辛
[法国]安东尼·华托(Antoine Watteau)绘

见到自己的亲人以及昔日的老师、同学后，被问到的都是一些让保罗心生苦痛的问题；尤其是保罗的父亲，更是对保罗在战场上的经历刨根问底。不愿回忆痛苦经历的保罗，只得绞尽脑汁编一些滑稽可笑的故事来应对。对保罗而言，这些空白的社交和无聊的说教，只会让他对自己的家乡倍感陌生，他恨不得立即结束休假，赶紧回到部队中去。

在战场上，即使暂时撤离了前线，士兵们仍然担心随时会有一颗子弹突然穿透自己的脑袋。在这种苦闷单调、朝不保夕的日子里，士兵们只有尽量找机会麻醉自己以忘掉危险、忘掉恐惧。后来，保罗的战友们相继战死或受伤，终于有一天，保罗也阵亡了，而在那天的战报上却写着：西线无战事。

战争不仅无情地夺去士兵们的生命，给住在战场附近的老百姓也带去了巨大的灾难和痛苦，无数的村庄和房屋被毁。为了躲避战争，老百姓携家带口、四处流浪。小说中，保罗等人奉命驻守一处军需仓库，后来仓库暴露，敌军用密集的炮火把整个村庄都摧毁了，老百姓也跟着受无妄之灾。

小说艺术风格独特，用辛辣讽刺的语言、生动曲折的情节、洗练简洁的文笔，把战争的残酷展现得淋漓尽致。小说还常常于残酷和恐怖的情节中穿插些许欢乐与喜悦的描写，这样更能引发人们对于战争的思考。

雷马克《西线无战事》

埃里希·玛利亚·雷马克（1898—1970），美籍德裔作家。出生于德国奥斯纳布吕克市，其父亲是一名书籍装订工。

雷马克青少年时期在天主教会学校念书；18岁应征入伍，参加第一次世界大战并多次负伤。战争结束后，他从事过教师、商人、石匠、记者等多种职业。

1927年，他开始创作小说《西线无战事》，这是他的成名作和代表作，这部作品确立了雷马克在德国乃至世界文学史上的地位。1931年出版的小说《归来》是《西线无战事》的续篇，主要描写战争结束后人们的命运。

在文学创作上，雷马克受"新实际主义""表现主义美学"和德国古典文学作品的影响较深。雷马克的作品在纳粹统治时期被烧毁，其国籍也被剥夺；1939年，他流亡美国，之后加入美国国籍。1970年9月25日，雷马克病逝于瑞士的洛迦诺。

我们今天阅读这部小说，除了学习它独特的艺术风格和充满个性的表现手法外，还要借此正确地去认识和看待战争，认清帝国主义侵略战争的本质。

（2021年5月27日于蓉城斋）

命运与抗争

左拉《娜娜》

小说《娜娜》是法国作家左拉的代表作，讲述饰演"爱神"的娜娜，在登上演艺事业巅峰后生活奢侈放荡，各色男人为之挥金如土，最终金钱散尽、家破人亡的故事。小说揭露了资本主义制度下混乱的男女关系和人们放纵的生活方式。

小说的主人公——娜娜，是一个出身于贫民窟的姑娘，15岁开始浪迹街头，18岁成为巴黎演艺剧院的一名女演员。善于伪装的她，一方面从内心鄙视那些献媚的男人，另一方面又同他们不断周旋以掏空他们的钱袋子。而对于姑妈、女仆佐爱和儿子小路易，她始终保持着善意和友爱。

小说从巴黎演艺剧院的一场演出开始。由娜娜主演的《金发爱神》轰动巴黎，演出结束后，女人们在嫉妒中贬损着她，男人们则相互急切而又故意漫不经心地打听娜娜的情况。

演出结束后的第二天早上，在娜娜寓所的楼梯上，前来送花篮的男人排起了长队。这里面既有来收债的债主，也有来募捐的德·舒阿尔侯爵和米法伯爵，他俩是本区济贫所的委员。而绝大多数男人，都是心照不宣的满怀欲望者。这一切使娜娜感到极大的满足。她从被人瞧不起的社会底层人物，一举成名，虚荣心也立即膨胀起来。

最开始，娜娜能从不同的男人那里轻易获取到很多钱财，于是她挥霍无度，买首饰、装饰房间，甚至会为了定做一架奢侈豪华的大床，花掉数万法郎。她几乎从不过问多余钱财的去向，以致身边的奴仆也变着法子从中渔利。

有一天，于贡夫人的一座远离巴黎的丰代特庄园忽然来了许多客人。客人们的到来使于贡夫人既意外，又高兴。她向大家谈论着城里乡间的逸闻趣事，说起了银行家斯泰内在附近买了一幢名叫"抚爱别墅"的豪华住宅给娜娜的事。据园丁说，娜娜当晚就要到那儿去住了，这消息使所有的客人为之震惊，他们之所以突然来到乡间，全是因为娜娜后天要来这里，为什么娜娜的行期突然提前了呢？这个疑问搅得这些人心神不宁。

其实娜娜的提前到来，只是一时心血来潮。然而，乡间别墅的田园风光使她的身心得到了真正的放松。几天后，娜娜出门兜风，来到附近的夏蒙古堡。古堡主人伊尔玛是当年巴黎风流场中的"名花"，现虽已年逾九十，身板却仍然硬朗，双目炯炯有神。娜娜入神地看着她从教堂做完晚祷出来，所有的居民都向她深深地鞠躬，她那神情庄严得像个高贵的夫人，她的荣华深深地震撼了娜娜。

米法伯爵也带着夫人和女儿来到于贡夫人的丰代特庄园。他几乎每天都会去拜访娜娜，但却一次次被拒绝，不过娜娜最终接受了他。在这期间，于贡夫人的小儿子乔治也在纠缠娜娜。一开始，娜娜认为乔治只不过是个小孩子，不忍心赶走他，而这也为后来乔治及其哥哥菲利普的悲剧埋下了种子。逢场作戏的娜娜，并不满足于米法伯爵和斯泰内等人的献媚和追求，她同时还与剧团演员方堂纠缠不清。

米法伯爵四十年来一直是正人君子，他的婚姻也一直是稳固的。但自从看了《金发爱神》一剧，米法的灵魂就开始迷散了。娜娜撩起了他内心从来未觉醒的那一角，使他产生了冲动。他战战兢兢、猥猥琐琐地追求，甚至哀求着娜娜，事实上他并不明白娜娜要什么。不久，娜娜千方百计地想摆脱米法，甚至将他夫人萨比娜出轨的事告诉他。

米法神魂颠倒地在街上游荡了半夜，最终还是回到娜娜这里。他自己认定，只要有娜娜，萨比娜干什么他都不去想了。这时破产的银行家斯泰内带着东跑西颠、好不容易凑齐的钱来见娜娜，可是娜娜却令人吃惊地猛然推开卧室大门，里面竟然是剧团里的一个丑陋的演员——方堂！两个上流社会的男人都没有想到，自己居然不敌这个下贱的丑鬼，他们愤怒而又悲哀地离去了。

娜娜与方堂陷入了热恋之中，二人重新租了房子，并把不多的积蓄合在一起用，过起了正常夫妻的小日子。随着时间的推移，方堂的本性暴露，他不但经常殴打娜娜，还把娜娜的积蓄全部据为己有。不久后，他们的关系便宣告结束。

后来，娜娜选择与米法伯爵重归于好，并住进了米法为她安置的新家中。此间，娜娜继续与多个追求者纠缠，以求得更多的金钱，直到把他们全部推向破产或死亡的深渊：十七岁的乔治为之自杀，乔治的哥哥菲利普也为其所惑并因盗窃公款而入狱。丰代特庄园的于贡夫人一下子失去了两个儿子，其悲痛可想而知。

娜娜最终的结局，连那个老来流落街头、靠捡破烂为生，曾经是巴黎风流场的"花魁"波玛蕾都不如。

娜娜从男人们手里获取了大量的金钱，最终却没有钱救治自己的儿子小路易，她自己也因染上天花而失去了年轻的生命。

小说通过娜娜之口，一针见血地揭露出这些悲剧的根源：

这太不公平了！这个社会太不合理。明明是男人们要这样那样，却把所有的责任都推到女人身上……不是他们把我弄成现在这个样子，我说不定早就在修道院里祈祷善良的天主了……如果他们花了钱又送了命，那都是他们的错，跟我没有一点关系。

是资本主义社会的腐朽黑暗，是那时期男人们的腐化堕落，导致了这些社会的悲剧，而娜娜只不过成了散布死亡和毁灭的使者。

小说中的米法伯爵，出身于贵族之家，是一名宫廷侍卫长官，社会地位高。他表面上装出一副道貌岸然的样子，最终还是经不住诱惑，借口到丰代特庄园度假，而悄悄溜到别墅与娜娜幽会。

之后,他常常围绕在娜娜身边,后来其妻子萨比娜与别的男人厮混的消息,让他先前还残存着的一点自尊和傲气也丧失殆尽。于是,他一边忍受着娜娜继续与别的追求者来往,一边仍担负起她奢侈的花销。

最终,米法伯爵不仅耗尽了自己的收入和积蓄,还把本该由女儿继承的财产花光了,最后还被免去宫廷侍卫长官的职务并撵出宫廷。

除米法伯爵外,甘愿为娜娜花钱的男子还有众多。如苏

一名头戴鲜花的金发女郎
[法国]维吉·勒布伦(Vigee Lebrun)绘

格兰王子在看了娜娜的演出后,竟主动到后台探望娜娜,并与她同乘一辆车招摇过市,且与娜娜保持暧昧关系。上流社会的人尚且如此,那些有点钱的暴发户们,更是肆无忌惮。

如银行家斯泰内,将通过欺骗的手段从储户手中赚来的钱,用来满足娜娜奢侈的欲望;濒临破产后又把负担转移到储户身上,多次故伎重演最终还是彻底破产。

再如赛马人旺德夫尔,为了博得娜娜的青睐,花光了所有的钱。他精心策划了一场营私舞弊的赛马比赛,并把准备参赛的马命名为"娜娜",事情遭到败露后,又纵火烧死了自己和参赛的马。

从外省来到巴黎的暴发户拉·法卢瓦兹,明知娜娜的奢靡是个无底洞,会让自己一贫如洗,可他竟认为这就是他的光荣,因为他可以通过巴黎的报纸出名。

菲利普军官仅仅因为娜娜索要两百法郎,便挪用公款,最终导致其被抓进了监狱。他辜负了母亲于贡夫人的期望,不仅没有保护好弟弟乔治,而且也害了自己。当然,小说中还有许多娜娜崇拜者的悲凉故事。

小说中各个阶层的人都不顾廉耻,已经没有了道德底线。欧洲是文艺复兴的发源地,自由平等观念在此兴起,人们逐渐摆脱了封建桎梏,自由恋爱受到尊重,这是人类社会进步的表现。

可人类社会进入工业时代后,伴随着资本主义的兴起与发展,社会生产力和迅速积累的社会财富却未能建立起与之相匹配的精神文明,金钱至上的观念迅速渗透到社会生活的各个方面。小说《娜娜》所描写的正是如此。

小说所塑造的人物性格特征鲜明，人物之间的对话简单明快、幽默诙谐，如剧院经理博尔德纳夫应对众人的那些话，便有一种自我解嘲式的幽默。

在描写故事情节和人物行为时，小说很多地方用了比喻手法，更加生动形象。在叙述与娜娜交往的那些男人们的结局时，小说中好几处都有如下的表述：

娜娜贪婪地在几个月里把这些男人一个接一个地吃得精光。她生活的奢侈有不断增长的需要，这些需要又大大地刺激着她的欲望，所以她只要一张口就可以吃光一个男人……她仿佛一大群蝗虫，又像一支入侵的敌军，飞经乡间把一切都一掠而光。只要她的小脚踏上那个地方，就会顷刻燃烧那个地方的土地。她张着可爱的小嘴把他们的遗产，一块牧场接着一块牧场，一个农舍接着一个农舍地啃下去……一个倾家荡产的男人从她的手上跌下来，就像掉到地上的一个成熟的果子，在地上腐烂一样。

与此同时，小说中还写道：

娜娜散布死亡和毁灭的工作已经完成。从平民区的垃圾堆里飞出来的苍蝇，带着腐蚀社会的酵素，落在这些男人身上，这些男人一个个被毒死了……她为她出生的阶级报了仇，也为被遗弃的人和乞丐报了仇。

这样的人物结局，实际上是从侧面揭示了资本主义社会的腐朽没落和走向灭亡的必然结局。

爱弥儿·左拉（1840—1902），是法国19世纪最杰出的文学家之一。他出身于巴黎的一个工程师家庭，7岁时父亲便去世了，家庭随即陷入贫困，但他在困境中坚持写作。

1864年，他出版了自己的处女作《给妮侬的故事》。之后，他又用了整整23年的时间，完成了《卢贡－马卡尔家族》这部巨著。整部作品包含20部小说、涉及人物1000多个，通过一个家族五代人的命运，广泛反映第二帝国时期的社会生活，暴露贵族和资产阶级的腐朽和荒淫，同时企图说明遗传和环境对人的行为和命运的影响，为法国乃至世界文学史增添了辉煌的一笔。1880年，《娜娜》作为其中的第九部作品问世，在社会上引起了强烈的反响。

《娜娜》这部小说可以让我们清楚地看到腐朽没落的资本主义社会的历史发展。我们今天读这部小说，应该从经济基础和上层建筑的辩证关系，以及人类社会历史发展的经验教训去看待，引导青少年朋友树立正确的世界观、人生观和价值观。

（2021年6月19日于蓉城斋）

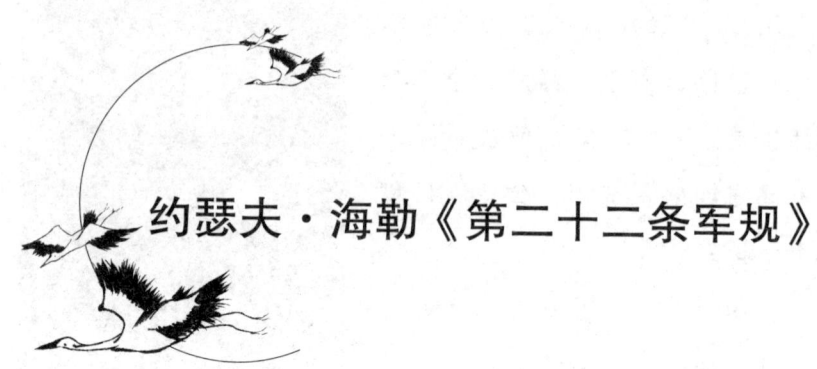

约瑟夫·海勒《第二十二条军规》

约瑟夫·海勒的小说《第二十二条军规》,讲述"二战"时驻扎在皮亚诺萨岛的约塞连上尉因多次执行任务,看到战争的残酷,继而产生了对死亡的恐惧和幻觉,最后采取装病等方式拖延和拒绝执行飞行任务,并发生了一系列离奇事件的故事。小说辛辣地讽刺了"二战"时美国政界和军界的官僚们以一种荒诞的、自相矛盾的思维方式,来加强专横统治的非理性、非人道行为。一条似乎并不存在、但在生活中却处处如影随形的"第二十二条军规",成为美国战时各类人的处事法则。

故事发生在位于意大利以南的地中海附近的皮亚诺萨岛,那里驻扎着美国空军的一支执行轰炸任务的飞行大队。当时第二次世界大战已经接近尾声,飞行员们休假时就会去罗马玩乐一番。小说的场景主要在这两个地方来回转换。

小说的主人公——约塞连上尉,是美国轰炸机飞行大队第256中队的轰炸员。他在第二次世界大战中执行任务次数多，与许多同行一样，为获得荣誉而敢于拼命。但残酷的战争逐渐让他意识到，死亡随时可能会降临到他身上，为了躲避飞行任务，他费尽心力，假装生病，违抗命令，只要能远离战争，他什么都愿意做。他躲在医院里装疯卖傻，拒绝穿衣服，让专程前来为他授予杰出飞行十字勋章的德里德尔将军，遭遇了非常尴尬的场面——约塞连光着身子受勋。

他在战争中看到了太多鲜血淋淋的场面，而让他痛下决心不再执行飞行任务的直接原因是一次轰炸阿维尼翁的恐怖经历。在那次战斗中，与他同机的炮手斯诺登几乎被

天空中的轰炸机

[英国]克里斯托弗·内文森（Christopher Nevinson）绘

炸成两半。这次经历使约塞连认识到一个冷酷的事实：人是会死的。

为了保命，约塞连谎称肝部疼痛住进了部队医院。他作为军官，按规定要检查士兵的信件，他在那些从未看过的信上签上自己的名字，却在看过的信上签上"华盛顿·欧文"的名字。

约塞连的病情使医生们左右为难，而约塞连认为医院是个不错的地方。他原本打算在医院度过最后的日子，但后来他又产生了幻觉，认为医院也不是安全的地方，死神随时都可能"光顾"，加之医院也不能确诊他的病情，于是他不得不离开医院。

回到中队后，约塞连才知道飞行大队的指挥官卡思卡特上校已经把每个人的飞行任务增加到了50次。卡思卡特是一个野心勃勃的人，他想让自己的照片登上报纸，还处心积虑地想当将军。于是，他随心所欲地增加飞行次数，远远超出空军司令部的要求。

当他把飞行任务提高到80次后，约塞连的战友们相继阵亡，克莱文杰和奥尔失踪了，随军牧师塔普曼也被撤了职。约塞连依然在寻找求生的新办法，但他面临的两种选择都逃不过"第二十二条军规"的陷阱。即使他努力飞完司令部所规定的飞行任务，也不可能停飞并被遣送回国。因为"第二十二条军规"规定：

精神错乱的人，只要自己提出申请，即可停飞。

此外，"第二十二条军规"又规定：

任何人一旦提出自己精神不正常，那就证明他没有疯，还得继续执行飞行任务。

这就是权威们设下的陷阱，一个貌似合理的圈套，没有人能够摆脱它。

后来，约塞连没有请假就擅自离开了皮亚诺萨岛，来到了罗马，但他由于没有通行证被抓了起来。他的行为让卡思卡特上校感到受了威胁，上校认为如果别人都像约塞连那样擅自逃离岗位，就没有人替他完成飞行任务了。

于是他决定将约塞连遣送回国，条件是约塞连不得告诉别人他被遣送回国的真实原因。约塞连拒绝做这笔交易，卡思卡特上校就威胁他要把他送上军事法庭。最后，在丹比少校和牧师的帮助下，约塞连又一次逃脱了，准备逃往瑞典。

小说还叙述了飞行大队食堂管理员米洛的发迹过程。他以黑市小买卖起家，最终建立起一个国际黑市集团，里面每个人都有股份，这些得了好处的人都愿意接受他的调遣。

米洛赚钱的一种方法，就是用军队的钱给军官和士兵们买过量或者并不需要的东西，然后又从他们手里用很低的价格买回来，并以低于市场的价格卖出，这样一个来回米洛就赚得盆满钵盈。

除此之外，米洛还与美军当局签订合同，轰炸德军防守的公路桥梁，同时又与德军当局订立合同，用高射炮火对付美军进攻。美军与德军均给他支付费用。由于他的机构实力强大，他还被选为多个城市的市长和马耳他的副总督。为了垄断棉花市场，他抢购下埃及的全部棉花，结果却卖不出去，此举差点让他的公司破产，但他通过行贿把危机转嫁给了美国政府。

小说还用了较多的篇幅叙述和描写飞行联队官兵在经历长期孤寂的军营生活后，到罗马休假时放纵的生活场景，展现出他们人性的阴暗面。比如阿费残忍地谋杀了军官公寓的女佣米迦列拉。

在罗马，与飞行员们交往的女性中，有上流社会的妇女，但更多的还是处于社会底层的妇女。她们中的一些人仅仅为了一顿饱餐或只为一块面包便与军人交往，她们也是战争的受害者，令人悲哀和同情。

小说以约塞连的个人遭遇为主线进行叙述，中间又穿插了一些他的回忆，初看起来，故事情节脉络不够清晰，但在"第二十二条军规"这条线索的导引下，小说的主题便开始明确起来。

小说中的约塞连对战争极为厌恶，而卡思卡特上校等人一边拿着参战官兵的性命去捞取荣誉、获得升迁，另一边却打着爱国的幌子来欺骗和愚弄大家。而当约塞连等官兵们觉醒起来，宁肯不要所谓的荣誉，也不愿意执行轰炸任务时，"第二十二条军规"便成了紧箍咒和杀手锏。

那些欺骗性的宣传和说教，那些形式主义的宣誓，还有军营里的钩心斗角和发战争财的腐败行为成了典型的"黑色幽默"。"第二十二条军规"是一个无法摆脱的逻辑陷阱，它荒谬悖理，使人无法抗拒，它象征着统治者的专横残暴和官僚体制的灭绝人性。

约瑟夫·海勒（1923—1999），出生于美国纽约市，是俄国犹太移民后裔。第二次世界大战期间，他在美国空军服役。退役后，他先后在纽约大学和哥伦比亚大学获得学士和硕士学位。他曾当过大学教师，担任《时代》等杂志编辑。

1961年，他发表长篇小说《第二十二条军规》并轰动文坛，成为"黑色幽默"派的代表作。之后，他又陆续发表了《出了毛病》《像戈尔德一样好》《上帝知道》等作品。1963年，他获得美国文艺研究院奖学金。1967年，他发表剧本《我们轰炸纽黑文》，可以说是以戏剧的形式再现《第二十二条军规》的主题。

我们今天读这部小说，可以从另一个侧面了解第二次世界大战期间美国军队的战斗和生活状况，了解战争的非理性和残酷性，珍惜今天来之不易的和平。

（2021年7月10日于蓉城斋）

雨果《悲惨世界》

雨果《悲惨世界》

维克多·雨果的小说《悲惨世界》，塑造了因盗窃罪入狱、出狱后受到社会歧视的冉阿让这一人物形象，后来其在主教下福汝的感化下获得了新生的勇气。他经过努力打拼成为一名商人，当上了市长，并致力于救助孤寡、开设免费药房等公益事业。整部小说揭露了当时法国社会的黑暗和司法制度的严重不公。

小说的主人公冉阿让出身于乡下一个贫农家庭，自幼父母双亡，在姐姐的抚养下长大成人后，帮姐姐抚养七个孩子以报答恩情。他替人修剪过树枝，当过割麦工、零工、苦工、牧牛人。有一年冬季，因为找不到工作，他便偷了一块面包，之后被店主人捉住并被法庭判了五年苦役。

入狱后，渴望见到亲人的冉阿让，在狱友的帮助下越狱并准备去找姐姐一家，但在田野里晃荡两天后竟又重新被捕，并被延长了三年刑期。此后，他又多次越狱，但都未能成功脱逃,刑期却在不断延长,直到坐满19年的监狱后,才被释放。

已经年老力衰的冉阿让,带着在监狱里做苦工挣来的钱在街边露宿,这时一名老妇人告诉他,这里的卞福汝主教愿意帮助任何一个路过的客人。果然,主教热情地接待了他并安排他用餐,睡觉前,主教还特意为他准备了干净的床单。然而,受到过社会的不公平待遇、经历过监狱生

一名手拿书籍的主教

[西班牙]弗朗西斯科·德·苏巴朗(Francisco de Zurbarán)绘

活的他,在清晨离开时,偷走了主教搁在客厅的银器。

谁知冉阿让刚来到大街上,就被对外来人特别警惕的巡警盯住了。巡警搜出了他包袱中的银器,此时冉阿让只能谎称那是主教送给自己的。

巡警便带他来到主教家里对质。没想到的是,卞福汝主教一看到他们,便热情地对冉阿让说:

真高兴能再见到您!但是那一对烛台,我也送给您了,那和其余的东西一样,都是银的,您可以变卖两百法郎,您为什么没有把那对烛台和餐具一同带走呢?

主教的慷慨解围,让冉阿让惊呆了。他为苦难的人间竟然有此爱心人士所感动,从此精神境界得到了升华。

之后,冉阿让化名"马德兰"来到滨海蒙特勒伊市的一个工厂。在工厂里,他因自己发明的一项技术而走上了一条发家致富的道路,并且帮助当地人摆脱了贫困,因此被推举为该市市长。

从此,他便热心于慈善事业,尽量为走投无路的穷苦人提供就业岗位,还拿出企业的利润为城市的慈善事业捐助经费。

工厂里有一名叫"芳汀"的女工,因无法养活寄养在外地的孩子,被迫卖掉了自己的长发和两颗牙齿,最后沦落为娼妓;不久又因与恶人扭打,被警察沙威抓进警所。

马德兰得知后,来到警所请求沙威释放了芳汀。与此同时,早就对马德兰的来历有所怀疑的沙威,更加确信马德兰就是当年的苦刑犯——冉阿让。

而那时，一名叫"商马第"的流浪汉被当成冉阿让正在接受审判，这让冉阿让再次陷入矛盾之中，他不忍心看到一个无辜的人为自己受折磨。经过一番激烈的思想斗争后，他毅然赶往法庭，申明自己才是那个真正的冉阿让。法庭暂时没有逮捕马德兰，因此他得以离开法庭赶回家里，并安排芳汀把她的女儿从外地接回自己家里。

后来，染病已久的芳汀把女儿托付给了马德兰，溘然长逝。冉阿让也再次被押进监狱，但没过多久，冉阿让便再次越狱潜逃了。

几经波折后，冉阿让在德纳第夫妇的客栈找到了芳汀的女儿珂赛特，并用一千五百法郎接走了她。在贪婪凶狠的德纳第夫妇家里，珂赛特受尽了歧视和欺负，因而矮小瘦弱、发育不全。

冉阿让带着珂赛特住进巴黎郊区，二人后来又被沙威追捕，冉阿让背着珂赛特艰难地爬上城墙，来到一座修道院里躲藏起来。那里的园丁恰好是曾经被冉阿让救过的割风。

割风向修道院院长谎称冉阿让是自己的亲弟弟，珂赛特是自己的侄女，二人是来投奔自己的。于是，院长把冉阿让安排为助理园丁，让珂赛特进入修道院学习。

许多年后，珂赛特在冉阿让的呵护下长大了，他俩相依为命，闲暇时总是一起去卢森堡公园散步。偶然的一次，珂赛特遇到了也时常去公园散步的马吕斯，他俩相爱了。

马吕斯的外祖父是保皇派，父亲彭眉胥曾是拿破仑的部下，由于政治立场不同，外祖父一直不让马吕斯与父亲相见。等到马吕斯长大成人后,他了解到了父亲的英勇事迹,明白了父亲对他的爱,深受震动的马吕斯选择了离家出走,成为一名共和党人。

不久,巴黎人民发动起义,马吕斯在朋友的鼓动下参加了战斗。沙威被起义者活捉,但冉阿让却瞒着别人把沙威放了。在激烈的巷战中,马吕斯身负重伤,冉阿让背着他在地下的排水管道中,艰难地走了很久,就在即将离开危险境地时却碰见了沙威。沙威内心极度矛盾,但在良心的驱使下,沙威放了冉阿让和马吕斯,而他自己却跳入塞纳河中自尽了。

马吕斯伤好后,冉阿让把五十多万法郎的存款送给珂赛特,让她与马吕斯成婚。后来,马吕斯得知当初在战斗中救过他性命的人就是冉阿让,他感到十分内疚,便和珂赛特赶去看望冉阿让。此时的冉阿让已久卧病床,然而看到这对幸福的年轻人,他颇感欣慰,不久便安详地去世了。

对于小说中的另一个重要人物卞福汝主教,小说用一个章节介绍了他的正直善良、信仰坚定和智慧幽默的性格特点。他是艾克斯法院一名参议的儿子,是司法界的贵族,后来旧社会的崩塌、家庭的败落,让他大彻大悟。从意大利流亡归来后,他过着深居简出的生活,并当上了一名教士。

他乐善好施,把宽敞明亮的教堂让给当地医院安置病人,把一万五千法郎俸禄用作慈善。与那些高高在上、盛气凌人的主教不同,卞福汝自甘贫寒、谦卑淡薄,总是以友善的态度待人。他从不与人争论高下,却常常能以智慧幽默的话语,让人自觉形秽而有所收敛。对于误入歧途的人,他也心怀宽容。正是他的慈悲和善良感化了冉阿让，使其能够从逆境中崛起，放下对社会不公的怨恨，在依靠自己的力量办企业致富后，他能像主教那样为公平正义、人间大爱而无悔付出。

卞汝福去世时，冉阿让以马德兰的身份对主教进行了沉痛哀悼。当时的人们大多以为，这只是市长出于对主教的敬重而进行的一场礼节性悼念而已，殊不知，正是卞汝福主教的善良与博爱感染并引导了冉阿让。

芳汀这一小说人物是《悲惨世界》中的受难者。她出生于滨海蒙特勒伊，没有人知道她的父母是谁，她小的时候常常赤着脚在街上走，有个人随便叫她一声"芳汀"，她便有了这个名字。长大后，她爱上了青年学生多罗米埃，但多罗米埃不久便将芳汀抛弃了。芳汀独自生下女儿，后来带着女儿回乡时，认识了德纳第夫妇。为了能有时间去赚钱，芳汀便把女儿寄养在德纳第夫妇的客栈里，并答应按时寄钱过来。之后，她在马德兰的工厂里工作，每月寄钱给照看女儿的德纳第夫妇。有一天，一个叫维克杜尼昂夫人的人得知了芳汀的经历后，暗地里使坏害得芳汀离开工厂，而马德兰本人却不知道此事。遭遇厄运的芳汀为了养活女儿和自己，卖掉了两颗牙齿和一头长发并沦为娼妓，最终在病痛中结束了自己备受凌辱的短暂的一生。芳汀的苦难，是当时黑暗的社会制度以及腐化的社会风气造成的，她的不幸是对不公平的社会的有力控诉，是对多罗米埃这类道貌岸然的伪君子的辛辣讽刺。

小说中的沙威，为人刻板保守，他只效忠于旧的司法制度，而从不考虑这个制度是否公平。在调查冉阿让时，他是灵敏而娴熟的，在多次抓捕冉阿让的过程中，他都立下汗马功劳。对待芳汀，他也是严格按照规定，毫不通融，甚至敢于与市长抗衡。沙威虽然很可恨，但他又是有担当并知错能改的人。当得知冉阿让已经被抓获时，他为自己调查方向的错误而向马德兰市长道歉。最终，他被冉阿让的善良和牺牲精神感化，并释放了参加过街垒起义的马吕斯和冉阿让。为人刻板的沙威，可以说也是一个悲剧性人物，他既有缺点，又闪耀着人性的光辉。

小说中的德纳第夫妇是卑鄙贪婪的代表性人物。德纳第曾在滑铁卢战场上偷窃牺牲将士的钱财。夫妇二人利用芳汀的女儿作为摇钱树，不断假托珂赛特的医疗费、抚养费来敲诈芳汀。而芳汀死后，德纳第夫妇更是肆无忌惮地虐待珂赛特。冉阿让从监狱里逃出来，给了德纳第夫妇一千五百法郎才领走珂赛特。在发现冉阿让很富有后，他们又想方设法诈取他更多的钱财，还勾结几个强盗绑架他。后来到美洲定居后，德纳第夫妇又做起贩卖黑奴的生意。无恶不作的德纳第夫妇，也是社会的底层人物，他们人性中的恶与当时黑暗的社会环境以及不公平的社会制度有关。

整部小说采用夹叙夹议的写作手法，对于拿破仑执政后兵败滑铁卢以及路易王朝、波旁王朝时期的一些重大事件和重要人物也进行了描绘。此外，小说对于社会上一些自相矛盾的行为，也作了无情的揭露和批判。

维克多·雨果（1802—1885），法国19世纪小说家、剧作家和诗人，生于法国贝桑松。其父亲是拿破仑手下的一名将军，雨果幼年时曾随父亲到过意大利、西班牙等国。

雨果从小对文学就有浓厚的兴趣，17岁时与浪漫主义诗人维尼一起创办《文学保守者周刊》。1827年，他在戏剧《克伦威尔》序中，提出了"浪漫主义"的文学主张，此后又创作了大量浪漫主义文学作品，其代表作有《悲惨世界》《巴黎圣母院》《欧那尼》等。

雨果所处的时代复杂多变，他在政治舞台上非常活跃。1851年，因反对波拿巴实行帝制，被迫流亡国外19年。1870年，随着拿破仑三世的垮台，雨果结束了自己的流亡生活，重新回到巴黎。

他晚年仍然孜孜不倦地创作，写了四部诗集、两部政论集和一部戏剧。1885年，雨果去世，法国人民为他举行了隆重的葬礼，纪念这颗政坛和文坛上的巨星。

我们今天读这部小说，可以了解法国资产阶级革命的历史进程和欧洲社会风情，也可以深刻认识当时的社会矛盾。

（2021年7月18日于蓉城斋）

乔万尼·薄伽丘《十日谈》

乔万尼·薄伽丘的小说《十日谈》，讲述了一百个小故事。这些小故事是欧洲14世纪40年代末鼠疫（黑死病）大流行期间，由十个青年男女宅居乡村，为了排遣寂寞，每人每天讲一个对人生有所启示的故事所汇集起来的。小说揭示了人生的变化无常，反映出社会生活中人性善与恶的博弈，讥讽了旧教会和伪教徒的虚伪和无耻，批判了当时封建社会的无情和非理性，并呼吁人性的回归和人的自然发展。

公元1348年，意大利佛罗伦萨发生了一场迅猛恐怖的大瘟疫。居民大量死亡，人们四处逃散，城镇和乡村十室九空，许多尸体都无人埋葬，所到之处，都是一片惨不忍睹的景象。

为了躲避这场瘟疫，城里的七个姑娘和三个小伙子相约来到一处幽静的乡村别墅住下。宅居期间，为了排遣寂寞，他们十个年轻人每人每天围绕一个主题讲一个故事，汇集成由一百个小故事所组成的小说集——《十日谈》。这些短小精悍的故事，反映了当时社会各个阶层的生活状况。

《十日谈》无情地揭露了当时旧教会的欺骗性和虚伪性，对其作了辛辣的讽刺。例如第九天中的第二个故事：

伦巴第有一座修道院，一向以虔诚圣洁出名。里面有个漂亮的修女伊莎贝塔，她爱上了一个小伙子。两人夜夜幽会，不料被人发现并向院长告发。修道院院长厉声斥骂作奸犯科者，而被斥责的伊莎贝塔却发现院长头上所戴的不是头巾，而是一条男人的短裤，原来院长自己慌乱之中误把短裤当头巾戴在头上。伊莎贝塔巧妙地提出质疑，结果惩罚伊莎贝塔和小伙子的事，自然是不了了之。

再如第一天中的第二个故事：

巴黎大商人詹诺托与犹太商人亚伯拉罕是好朋友，詹诺托一再劝说亚伯拉罕改信天主教。亚伯拉罕便提出先到罗马去瞻仰一下天主派到人世间的代表，看看红衣主教的作为和气派。如果那些真能使自己感悟，则一定信仰天主教。詹诺托深知，如果亚伯拉罕真的跑到罗马教皇的宫廷里，亲眼看到他们的生活，那就无法说服亚伯拉罕，所以他竭力阻止亚伯拉罕前往罗马。

无奈亚伯拉罕一意孤行，詹诺托只好送他出发，心中对他改信天主教不抱任何希望。果然，亚伯拉罕在罗马看到的是一片腐败，没有一个修士谈得上圣洁、虔诚。了解了这一切的亚伯拉罕便立即赶回了巴黎，而詹诺托等他回到巴黎很长一段时间后，才敢小心翼翼地问他对罗马的印象。谁知亚伯拉罕却出人意料地说："尽管那些魔鬼拼命地想把天主教推翻，可它还是屹立不动，影响深远。我认为一定是圣灵在给它做基础和支柱，因此它确实正宗神圣，没有什么可以阻碍我做一个天主教徒了。"大喜过望的詹诺托立即将亚伯拉罕带到巴黎圣母院受洗。

小说《十日谈》对当时社会上那些假借对宗教的虔诚而骗财、骗色、骗取荣誉的人进行了无情的讽刺和挖苦。例如第一天中的第一个故事：

有一个大商人做了朝廷的骑士，上任前他发现还有许多债务没有收回，而当地的人比较奸诈，一般人很难收回债款，他便委托切帕雷洛帮他处理收债事务。

切帕雷洛擅长编造假文书、发假誓。不仅如此，他还经常在亲戚、朋友之间，甚至在不相干的人中间，挑拨是非、散布仇恨。乱子闹得越大，他就越得意。他从不进教堂，更不用说祷告。在一切下流场所，都不会少了他的踪迹，哪怕为了一点不相干的事情，他都可以暴跳如雷，骂上老半天。

这样一个作恶多端的人，在他年老体衰、生命垂危之际，竟然利用天主对已经忏悔的人的宽恕，成功地瞒过了来为他做临终祷告的神父，死后被瞻仰遗体，埋在教堂内，引来络绎不绝的朝拜还愿的人，圣名越传越响。

一生作恶多端、死不悔改的切帕雷洛居然成了圣徒,这真是对社会的莫大讽刺!

总之,小说《十日谈》涉及面广,人物形象也具有多面性,他们的行为离不开社会生活环境的影响。这些人物有正直善良、见义勇为、乐于助人的;也有心胸狭隘、睚眦必报的;还有为别人的正气凛然行为所感动,放弃当初不良企图的;更有作奸犯科得不到应有惩罚和报应的。这些都表明社会生活的复杂和多变,人性的善恶往往在一念之间。

围坐在一起讲故事的青年男女们
[英国] 约翰·威廉姆·沃特豪斯(John William Waterhouse)绘

乔万尼·薄伽丘（1313—1375），意大利文艺复兴时期的作家。父亲是意大利商人，母亲是法国人。由于母亲在生下他后不久便去世了，薄伽丘便随父亲在佛罗伦萨的家中长大。

失去母亲的薄伽丘把感情更多投向了文学艺术，向往成为一名诗人，但身为商人的父亲却把儿子送到那不勒斯，让其先后学习经商和教会法规。薄伽丘对此全无兴趣，但这些经历使他接触了社会生活的各个层面，尤其是在学习中接触到意大利作家但丁的作品，从此研究但丁作品的热情和兴趣伴随了他的一生。

1336年，薄伽丘出版了长篇传奇《菲洛柯洛》；1344年，完成小说《菲亚美达的哀歌》。《十日谈》的问世，给薄伽丘带来很大的麻烦，使他受到许多非难。1355年，他又创作了小说《大鸦》。1374年，好友彼特拉克去世后，薄伽丘于1375年离开了人世。

我们今天读这部作品，可以了解资产阶级文艺复兴时期的社会情况，还可以从那些短小精悍、通俗易懂的故事中悟到一些人生的哲理和生活的真谛。

（2021年7月28日于蓉城斋）

紫式部《源氏物语》

日本古典文学名著《源氏物语》,通过对源氏家族及其家人感情生活的生动描写,反映了11世纪日本宫廷贵族、官僚阶层的权力斗争和生存状态,表达出对贵族官僚们寻欢作乐、醉生梦死的腐朽生活的抨击,以及对"一夫多妻"制度下妇女在婚姻和感情生活中处于弱势地位的同情。

小说的主人公——源氏,原名"光君",是桐壶天皇同更衣所生的儿子。天皇对更衣很宠爱,右大臣的女儿弘徽殿女御担心天皇将光君册立为太子,便心生嫉妒,逼死了更衣。桐壶天皇为了保护光君,于是将其降为臣籍,赐姓"源氏"。

源氏12岁行冠礼后,娶了左大臣的女儿葵姬。然而,英俊美貌的源氏不喜欢葵姬,反倒去追求继母藤壶女御;二人还生下一子,取名"冷泉",后被册立为皇太子。

生性风流的源氏后来又陆续追求过夕颜、空蝉、六条御息所等女子。葵姬病逝后，源氏把自己收养的紫姬纳为正妻。

桐壶天皇让位给弘徽殿女御所生的儿子朱雀以后，宫中大权由右大臣掌握，他们趁机打击源氏。有一天，源氏与右大臣的女儿胧月幽会被撞见，源氏被迫离开宫廷。

弘徽殿女御一派得势以后，权臣横征暴敛，引起朝廷内外的极大不满，百姓怨声载道。这时，患病的朱雀天皇，便召源氏回京辅佐朝政。朱雀天皇后来传位给冷泉，冷泉知道源氏为其生父后，对源氏更为敬重。

源氏奉命娶了朱雀天皇的女儿——三公主，然而，三公主经不住一直仰慕她的柏木的诱惑而与之幽会，事情败露后，柏木忧愤而死。之后，三公主生下薰君后便出家为尼了。

源氏与葵姬所生的儿子夕雾渐渐长大了，源氏为他举行了冠礼。后来，源氏与明石夫人所生的女儿也成了皇后。源氏曾经爱慕的藤壶去世后，紫姬也突然病故，源氏最终看破红尘。

源氏去世前，他与葵姬所生的儿子夕雾已是右大臣。他处事谨慎，少言寡语，口碑极佳。在感情方面，他也遭受过挫折，最后娶了云居雁为妻。他不像父亲源氏那样拈花惹草，但他对落叶公主念念不忘，还曾经暗恋过继母紫姬。在源氏的孩子中，夕雾算是比较循规蹈矩的人。

而三皇子匂亲王则继承了源氏的风流倜傥，他嫉妒天生自带香气的薰君,暗地里经常与之较劲。薰君爱上了八亲王的大女儿,但遭到拒绝。薰君偶然得知八亲王还有个流落民间的女儿叫"浮舟",于是将其寻回后安置在宇治山庄。

然而,得到消息的匂亲王竟冒充薰君,闯进内室占有了浮舟。处在二人中间的浮舟,恨自己不慎受骗失身,惊

玩乐中的妃子们

[日本]土佐光起(Tosa Mitsuoki)绘

惧之下选择投河自尽,被人救起后出家为尼。薰君多次求见,但已经看破红尘的浮舟毅然拒绝了他。

小说中,各种势力此消彼长,处于权力中心的每个人都在考虑如何获取和巩固权力。源氏的父亲桐壶帝为了保护他,便安排人教他有关治国安邦的种种学问;为使其避免招致世人嫉恨,将他降为臣籍,赐姓"源氏"。

还有退位后的朱雀帝,因为担心自己的女儿三公主的未来,不得不把她下嫁给源氏,以寻求庇护。

在浮舟失踪后,薰君全力照顾她的家族。就在大家都替浮舟感到惋惜时,浮舟的继父常陆守竟然恬不知耻地认为:没有浮舟的死就没有后来的荣华富贵。

《源氏物语》主要以源氏及其岳父左大臣为代表的皇室一派与弘徽殿女御及其父亲右大臣为代表的皇室外戚之间的权力斗争为主线,通过源氏的生活经历和爱情故事,展现了日本当时贵族社会政治的腐败和生活的奢侈,以及"一夫多妻"制度下妇女的悲惨命运,揭露了贵族阶级的内部矛盾及其必然崩溃的历史趋势。

故事历时70余年,出场人物400余人,其中主要人物近30人。从总体结构来看,小说共54回,前44回以源氏为主人公,后10回以薰君为主人公,中间铺陈着人物之间复杂的矛盾纠葛。小说对这些人物的描写细致入微,生动地表现了人物的性格特点和复杂的心理状态。

《源氏物语》是一部完整统一的长篇小说,但每个事件又可以独立成篇,中间还插入近800首唱和诗歌,笔意缠绵，行文典雅。

此外，小说中还广泛引用了汉诗、汉文，如唐代白居易的诗句和中国古代典籍《战国策》《礼记》《汉书》和《史记》中的史实和典故。因此，它也是古代社会中日文化交流的印证。

《源氏物语》被誉为"日本古典文学的高峰"，也被称作"日本的《红楼梦》"。曹雪芹的《红楼梦》通过大观园里贾宝玉和林黛玉、薛宝钗等人的爱情故事，讲述了大清王朝时期贾、史、王、薛四大家族的兴衰。紫式部的《源氏物语》则通过源氏等皇室贵族的生活经历，反映了日本平安王朝时期的社会状态。所不同的是，《红楼梦》对封建王朝的内部斗争描写得比较直接，而《源氏物语》则大多采用侧面描写的手法，将贵族社会的政治斗争曲折地表现出来。

出身书香门第的紫式部，以女性独特的视角，描写男女之间的感情纠葛，特别是对心理状态的描写非常细腻，感人至深。

另外，这部小说还穿插了一些美学思想。如对皇宫和皇室贵族的宅院、道观及山川别墅的描绘，均给人一种幽静而自然的美感。小说中，对皇室和大臣们的欢宴、歌舞词赋表演以及各种法会的盛况描绘，也给人一种艺术的美的享受。

紫式部《源氏物语》

紫式部（约978—约1016），日本平安时期女作家。出身于贵族家庭，父亲擅长汉诗与和歌，对中国古典文学颇有研究。紫式部从小随父亲学习汉学，熟读中国先秦以来的文献，还对唐代白居易的诗歌颇有研究。

家道中落后，紫式部应召入宫当女官，给彰子皇后讲解《日本书纪》和白居易的诗歌。在宫中供职期间，她还写了《紫式部日记》，叙述宫廷仪典，把宫中的见闻和感受记录下来，日记中流露出她对现实的忧虑，彰显出其反抗精神。她的主要作品《源氏物语》54回，为日本最早的长篇小说。

我们今天读这部小说，可以了解11世纪日本的宫廷生活及权力斗争情况，学习作者对景物的描写和对人物心理活动的细腻刻画。

（2021年8月6日于蓉城斋）

卡夫卡《审判》

卡夫卡的小说《审判》，通过讲述为人正直的银行襄理约瑟夫·K，在无端遭到逮捕和处决的过程中，所遭遇到的一系列违背司法常理和公正的现象，揭露了带有封建专制特征的资本主义司法制度的腐败及其对人的生存构成的威胁。

约瑟夫·K是一名银行襄理，一天早上，他被两名自称是看守的人堵在屋子里，并告诉他"你被捕了，你哪儿都不能去"。K询问他们自己被捕的原因，两名看守却拒绝回答并让K待在房间里，声称已经对其提出诉讼了，到时候一切自然都会揭晓的。

K觉得有点不对劲，认为自己从来都是奉公守法的公民，谁又有那么大的权力到住所来抓自己呢？百思不得其解的他甚至还认为，这可能是朋友们跟自己开的玩笑。

于是，他立即找出自己的身份证明，准备拿给那两名看守看。就在这时，他看到房间对面的门打开了，房东格鲁巴赫太太出现了，她认出K后感到很窘迫，便立即退缩了回去。此时，K感到事情有点严重了，便把身份证明拿给两名看守看，但无济于事。

这时，监督官来了，K激动地说出自己的疑问，但监督官与两名看守一样，认为自己与K的事情没有什么关系，只是奉命行事罢了，并奉劝K不要去考虑别人，否则会对他不利。

监督官和两名看守走后，K对房东太太描述了自己的无辜和愤慨。实际上，这时K的整个行迹已经被监视起来了，有关方面的人正如影随形地跟踪着他。连平时关系还不错的毕尔斯泰纳小姐在见到他后，也显得冷淡和尴尬。

K的案子很快就进入了初审阶段，K认为初审完了，这件事就会结束，他不想让单位的同事知道自己的遭遇。然而，在去接受初审的途中，他看到了参与他的案子的三个职员。K想办法绕开他们来到初审的会场，这时他已经迟到一个多小时了。

在接受审讯的时候，预审法官问K道："你是个油漆匠吧？"K回答道："不，我在一家大银行担任襄理职位。"这一问一答，引起了所有在场人员的一阵哄堂大笑。会场上，义愤填膺的K斥责法官荒谬地加罪于无辜的公民，特别是先前逮捕他的看守，竟然随意动用他的早餐，企图瓜分他的私有财产，并引诱他行贿，这都是违法的。然而，听着K滔滔不绝的"演讲"，法官显得尴尬而不耐烦。走廊里一男一女拖拽扭打的事情，更是吸引了听众的注意力，让K的陈述效果大打折扣。

在第二个星期里，K每天都在等候再次被传唤。周六，他又去了上次接受初审的会场，并且正好遇到那天扰乱会场秩序、被人拖拽的那个女人。她告诉K法庭的一些事，特别是各种复杂的关系，还悄悄带他去看了法官的办公室。K惊诧地发现，法官办公桌上竟然摆放着不堪入目的图书。这时，K更加坚信，这样的法官无非是在利用案子等着当事人行贿罢了。这之后，K还惊奇地发现，这名女人居然与法官有特别的关系。

等待被处决的青年

[德国] 阿尔布雷特·丢勒 (Albrecht Durer) 绘

显然，她向K介绍情况并劝说他想办法尽快结案是有所企图的。与此同时，法庭还有意让K看见那两名企图瓜分他私有财物的看守受到鞭打处罚的场景。善良的K可怜他们，认为他们是在代人受过，真正的罪魁祸首是高层、是不合理的司法体制。

约瑟夫·K的叔叔，一个乡下的小地主，在得知消息后便急忙赶到城里，把K带到他的老同学胡尔德律师家里，并委托其出面为K的案子进行辩护。

可在之后的多次接触中，胡尔德却并不向K询问案情，只是喋喋不休地炫耀他高明的解决问题的"路子"。这让本来就厌恶找关系的K更加怀疑胡尔德的能力和诚意，因此，他想拒绝请辩护人，自己起草辩护状。

就在这时，一名厂主为K推荐了一名画师，据说此人神通广大，法官们都要给他面子。在与画师的接触中，K发现，这名所谓的"画师"，身份很可疑，他极力让K相信他凭借关系就可以摆平任何案子。

而处于困惑中的K终于选择辞退辩护律师胡尔德，也不再与画师这类人交往，他决心自己静下心来等候法院的再次审判。

惶惶不安中，K等候了近一年的时间。有一天，K在教堂等候客户时碰到一个神甫，K对他述说了自己的经历，神甫告诉他：

不过恐怕结果很糟。你被认定有罪，而且已经得到了证实。

神甫还给他讲述了一名守门人的故事。从教堂回来的

K，一直等候着法院的传讯。

就在他31岁生日的前一天晚上9点钟左右，两名身穿礼服的人来到他的公寓把他带走了。然而，经过城里的街道后，那两个人不再朝前走了。他们脱下K的上衣和背心，用一把锋利的刀戳进了他的胸膛并用力旋转两圈，K就这样莫名其妙地被处决了。

长篇小说《审判》主题鲜明，强烈地批判了奥匈帝国时期腐朽黑暗的强权政治和司法制度，无情地揭露了封建专制制度下，与黑暗的司法制度所伴生的复杂关系网背后的利益集团。无论是法院的听差、洗衣妇、胡尔德律师，还是推销员和画师，他们都无不强调自己在法院有强硬的背景和关系，并千方百计地说服K通过他们向法庭和检察官行贿。而那些看守和督察员们，则通过瓜分被害者的私有财物而获得利益。

小说主人公约瑟夫·K因为不了解自己所处的司法环境，寄希望于法律的保护、法官的审判，执意不行贿，更不愿意听从叔父的劝告逃到乡下躲避；而是通过自己对法律的理解，在法庭上义正词严地为自己辩解，甚至揭露和斥责那些人索贿的企图。他的悲剧是对黑暗的司法制度的有力控诉。

卡夫卡的作品展现的是一个独特的世界，在他的小说中，现实和梦幻、理性和荒诞常常交织在一起，给人一种扑朔迷离的感觉。小说的主人公大多是小资产阶级知识分子，精神上十分孤独，常常受到欺压和凌辱。这些小人物勤勤恳恳地工作，在资本主义社会的重压下，无力反抗。他们苦闷、孤独、怨恨、恐惧、自疚……想寻找出路，但又无能为力。这些小人物的复杂心态正是奥匈帝国时期资本主义经济畸形发展的产物。

弗兰兹·卡夫卡（1883—1924），奥地利作家，现代主义、表现主义文学的重要代表。出身于布拉格一个犹太商人家庭，父亲是一个百货批发商。

1901年，卡夫卡进入布拉格大学学习文学，在读大学期间，他结识了马克斯·布罗德，并在其影响下开始创作。

卡夫卡的代表作有长篇小说《失踪的人》《审判》《城堡》和短篇小说《判决》《变形记》《在流放地》《乡村医生》等。卡夫卡生前并未受到重视，他的作品贯穿着社会批判的精神，主人公大多是在资产主义社会中受欺压、被凌辱的小人物。他着力表现这些小人物在社会重压下的畸形发展和变态心理。其作品对欧洲现代文学流派产生了极大影响，其被推崇为"欧洲现代派文学的奠基人"之一。

我们今天读卡夫卡的小说，要用历史唯物主义和辩证法的观点去理解作品主题，并透过小说荒诞梦幻的描写准确把握人物的性格特征和丰富的思想感情。

（2021年8月16日于蓉城斋）

狄更斯《双城记》

英国作家狄更斯的小说《双城记》,描写了法国大革命前后贵族阶层和平民百姓之间尖锐而不可调和的阶级矛盾,讲述他们在革命前后截然不同的遭遇,以及他们复杂的亲情、友情和爱情纠葛,凸显了平民百姓的悲惨遭遇,谴责了封建贵族的罪行。

小说的主人公——查尔斯·达奈,出身于贵族家庭,是法国世袭贵族艾弗勒蒙德侯爵的侄儿,但知书达理、善良正直的他却憎恨贵族制度。他反对叔父专横残暴地对待农民,他认为贵族豪华的家业,只不过是一座由浪费、勒索、放债、典当、压迫、饥饿、贫穷和苦恼堆积起来的破塔。

在经过与叔父的一番谈话后,查尔斯毅然决定放弃贵族身份来到英国伦敦定居,依靠教授法语和文学创作为生。在英国生活期间,他结识了露西,两人很快相爱并结为夫妻。

不久,法国大革命爆发了,一封法国的来信搅乱了他们夫妇原本平静的生活。原来，艾弗勒蒙德家族的管家被法国革命者拘禁起来了，管家因此写信给达奈，请求他返回巴黎说明情况。已经脱离贵族家庭，在异国他乡自食其力的达奈，原本可以不管这件事，但他毅然决定回到法国营救管家。

他以为自己已经脱离了贵族家庭多年，并早已放弃了贵族身份，以英国侨民的身份回去不会有太大危险。殊不知，他判断失误，给全家带来了想不到的灾难。

他刚踏入法国境内，便被机警的群众扭送到巴黎受审，而此时的管家因为他的归国而重新获得了自由。他在多次为自己辩解无效后，预感到了将要面对死亡的结果。

妻子露西和其父亲马内特医生闻讯便赶往巴黎，不顾一切地设法救他。马内特医生凭着自己在巴士底狱待过十八年的经历和他医生的身份，在审判大会上说服了群情激奋的革命群众，达奈这才得以释放。

然而，因为革命群众的领导者——德法日夫妇——得到了马内特当年所写的控告侯爵的信，达奈因此再次深陷绝境。最终，幸得露西的好友卡顿以牺牲自己的性命营救了他们一家。

小说中的另一个重要人物——卡顿，他在学生时代就表现出纯朴、忠厚的品质，但有时也会显得懒散、消沉。卡顿后来成为律师的助手，经常出入马内特医生家，并且也爱上了露西。他认为自己是一堆能燃烧而不能发光的材料，不能给露西带去幸福，因此放弃了对露西的追求，但他向露西表示愿为她牺牲生命来成全她所爱的生命。

而就是这个与达奈相貌相似而性格迥异的卡顿，最终践行了自己的诺言。在达奈将要被处死刑时，卡顿挺身而出，混入监狱，把达奈换出来，并把他们一家送回英国，而自己则顶替达奈走向断头台。

小说中还有一个不可或缺的人物——洛里。他是特尔森银行的高级职员，在小说中出现的频率非常高。小说开头，从伦敦赶往多佛的邮车上的神秘人物是他；带着露西去往巴黎，接马内特医生的人也是他；达奈回国救管家遇险，出面多方斡旋营救的人还是他。

洛里的行为，实际上是在践行特尔森银行为雇主服务的宗旨。马内特医生是银行的客户，在他不明不白失踪后，银行并没有把他的存款当无主财产处理，而是安排人抚养他的孩子，并继续寻找他本人。

小说中的马内特，是一名具有职业道德和正义感的医生。他在一次偶然的出诊中，得知世袭贵族艾弗勒蒙德侯爵欺辱妇女、草菅人命的种种恶劣行径，在良心的驱使下写了控告材料递交官府。然而，与艾弗勒蒙德沆瀣一气的官府，不仅对艾弗勒蒙德没有任何惩罚，反倒把马内特医生送进巴士底狱长达十八年。马内特医生因此精神上近乎崩溃，基本丧失了对往事的记忆。

出狱后，女儿露西把父亲马内特医生接到伦敦生活了很长一段时间，帮助他逐步恢复了健康。马内特医生一开始就知道达奈是迫害他的仇人艾弗勒蒙德的侄儿，但他看重达奈善良正直的人品，并佩服他离开贵族家庭的决心与勇气,因此同意把自己女儿露西嫁给达奈。

当听说达奈回巴黎遇到生命危险的消息后,马内特医生立即同女儿一道前去营救。本来已经营救成功了,谁知当年他精神崩溃后在监狱中所遗留的一封控告信,竟被德法日夫妇利用,一家人再次陷入险境,幸得卡顿拼死相救,他们才得以脱离险境。

小说中,法国大革命期间的革命领袖——德法日夫妇,是长期生活在社会底层的人,曾经的苦难使他们很快觉醒

革命爆发现场

[法国]奥诺雷·杜米埃(Honore Daumier)绘

并投入到推翻封建贵族的大革命中。他们的小酒馆成为了革命的联络站,也是革命爆发后群众聚集的中心。作为革命的参与者和领导者,他们在群众中享有很高的威信。

由于革命前德法日是马内特医生的佣人,马内特医生出狱后住在他家,由他照顾了一段时间。所以,当群众法庭第一次审判达奈时,马内特医生可以出面作证,也得到了德法日的支持。然而,德法日的妻子心里始终放不下达奈的叔父害死其家人的往事,就迫使自己的丈夫利用马内特医生控告艾弗勒蒙德的那封信,再次把达奈推向审判席。不仅如此,德法日的妻子还诬陷露西,说她每天到监狱旁边的一家小店去遥望狱中的达奈,是秘密接头的不轨行为,准备把马内特医生和露西送上断头台。最终,在与露西保姆的扭打中,德法日妻子的火枪走火,她死于非命。

作者刻画人物细致,其笔下人物的外貌和性格特征都被展现得淋漓尽致。在描写达奈的叔父艾弗勒蒙德时,小说中这样写道:

这人约六十岁,衣着华丽,态度骄傲,脸孔又如一张精致的假面具,苍白而透明,鼻尖上有两点小小的凹窝。他整个容貌,显现出一种狡诈和残酷的神气。有一天,他离开巴黎到乡间别墅去时,在路上碾死了一个小孩,便和在场的穷人发生了冲突。他不担责任反而怪死者的父亲不该让孩子乱跑,扭伤了他的马,然后他扔出了一枚金币,便驱车走了。

这些文字描写,把一个封建贵族贪婪狡诈而又冷酷凶残的形象,生动地展现在读者面前。小说在描写律师斯特赖弗时写道：

> 生得身材肥短，声音洪亮，满面红光。他的每一个毛孔都流露出可厌的得意非凡的气概，无论交朋友或谈话，他都有一种挤上前去的习惯。

短短的一段文字，刻画出的是一个浅薄无聊、自以为是的人物形象。

另外，小说还用到环境描写来烘托人物和事件。如在描写巴黎圣安东区，德法日等人所住的街道时写道：

> 在这里，冷、脏、病、无知和贫穷是伺候圣驾的五位大人。尤其是那第五位大人——贫穷——充斥在每一个角落，出入于每一个门道里，从每一个窗洞里伸出头来，抖颤在被寒风摇曳的破衣袖中……满目贫穷和饥饿萧条。一条弯曲而狭窄的街道，充满着恶臭。

这些描写把法国革命的基层参与者和支持者为什么要反抗淋漓尽致地表现了出来。

我们今天读这部小说，可以了解法国资产阶级革命发生的历史背景，从中获取成功的经验和深刻的教训，同时也可以从小说中人物的遭遇中悟出一些做人做事的道理。

（2021年9月于容城斋）